Arthur Conan Doyle

Sherlock Holmes

Arthur Conan Doyle

Sherlock Holmes

Sechs Erzählungen

Aus dem Englischen neu
übersetzt von Kai Kilian

Anaconda

Die Übersetzung von Kai Kilian erschien erstmals in der zweisprachigen Ausgabe Arthur Conan Doyle: Best of Sherlock Holmes / Die besten Sherlock Holmes Geschichten. Köln: Anaconda 2009.

Die Deutsche Nationalbibliothek verzeichnet diese Publikation in der Deutschen Nationalbibliografie; detaillierte bibliografische Daten sind im Internet unter http://dnb.d-nb.de abrufbar.

© 2009 Anaconda Verlag GmbH, Köln
Alle Rechte vorbehalten.
Umschlagmotiv: Jonathan Barry, »Mr Sherlock Holmes« (2008),
Private Collection / bridgemanart.com
Umschlaggestaltung: agilmedien, Köln
Satz und Layout: InterMedia, Ratingen
Printed in Czech Republic 2009
ISBN 978-3-86647-438-3
www.anacondaverlag.de
info@anaconda-verlag.de

Inhalt

Ein Skandal in Böhmen 6

Das gesprenkelte Band 34

Der griechische Dolmetscher 65

Das letzte Problem 88

Das leere Haus 111

Seine Abschiedsvorstellung 138

Glossar 158

Ein Skandal in Böhmen

I

Für Sherlock Holmes ist sie stets *die* Frau geblieben. Selten nur habe ich ihn sie anders nennen hören. In seinen Augen übertrifft und beherrscht sie ihr ganzes Geschlecht. Nicht dass er für Irene Adler so etwas wie Liebe empfunden hätte. Alle Gefühle, und dieses im Besonderen, waren seinem kühlen, präzisen, dennoch bewundernswert ausgewogenen Geist zuwider. Für mich war er die vollkommenste Denk- und Beobachtungsmaschine, die die Welt je gesehen hat; als Liebhaber jedoch hätte er sich in eine falsche Lage gebracht. Nie sprach er über die sanfteren Leidenschaften, es sei denn mit Hohn und mit Spott. Für den Beobachter waren sie eine prächtige Sache – vorzüglich geeignet, den Schleier über Motiven und Handlungen der Menschen zu lüften. Für den geübten Denker hingegen wäre das Zulassen solcher Einflüsse auf sein feinnerviges und peinlich geordnetes Seelenleben gleichbedeutend mit dem Eindringen eines verwirrenden Moments, das alle Ergebnisse seines Denkens zweifelhaft werden ließe. Sand in einem empfindlichen Instrument oder ein Sprung in einem seiner starken Vergrößerungsgläser könnten für eine Natur wie die seine nicht störender sein als eine heftige Gefühlsregung. Und doch gab es für ihn nur eine Frau, und diese Frau war die verstorbene Irene Adler, zweifelhaften und fragwürdigen Angedenkens.

In letzter Zeit hatte ich Holmes kaum gesehen. Meine Heirat hatte uns voneinander entfernt. Mein vollkommenes Glück sowie jene häuslichen Interessen, die einem Mann erwachsen, der zum ersten Mal Herr seines eigenen Hausstandes ist, genügten, um meine Aufmerksamkeit vollauf zu beanspruchen; Holmes dagegen, der jede Form von Geselligkeit mit seiner ganzen Bohemien-Seele verabscheute, blieb, vergraben inmitten seiner alten Bücher, in unserer Wohnung in der Baker Street und wechselte im Wochenrhythmus zwischen Kokain und Ehrgeiz, der Schläfrigkeit durch die Droge und der wilden Tatkraft seines lebhaften Wesens. Wie eh und je fühlte er sich vom Studium des Verbrechens zutiefst angezogen und verwandte seine ungeheuren Geistesgaben und außergewöhnlichen Beobachtungskünste darauf, jenen Hinweisen nachzugehen und jene Rätsel zu lösen, die die Polizei als hoffnungslos aufgegeben hatte. Von Zeit zu Zeit hörte ich vage Berichte über das, was er tat: über seine Berufung nach Odessa im Mordfall Trepoff, über seine Aufklärung der einzigartigen Tragödie der Atkinson-Brüder in Trincomalee und schließlich über den Auftrag, den er mit so viel Feingefühl und Erfolg für das holländische Königshaus erledigt hatte. Über diese Anzeichen seiner Aktivität hinaus, die ich schlicht mit sämtlichen Lesern der Tagespresse teilte, erfuhr ich jedoch kaum etwas über meinen früheren Freund und Gefährten.

Eines Abends – es war der 20. März 1888 – kehrte ich von einem Patientenbesuch zurück (denn ich hatte wieder privat zu praktizieren begonnen), da führte mich mein Weg durch die Baker Street. Als ich an der wohlbekannten Tür vorbeikam, die mir stets mit der Zeit meines Werbens und den düsteren Geschehnissen der *Studie in Scharlachrot* verbunden sein wird, befiel mich der lebhafte Wunsch, Holmes wiederzusehen und zu erfahren, womit er seine außergewöhnlichen Talente gerade beschäftigte. Seine Zimmer waren strahlend hell erleuchtet, und eben als ich hinaufschaute, sah ich seine große, hagere Gestalt zweimal als dunkle Silhouette an der Gardine vorübergehen. Er schritt rasch und angespannt durch den Raum, das Kinn auf der Brust, die Hände hinter dem Rücken verschränkt. Für mich, der ich jede seiner Stimmungen und Gewohnheiten kannte, sprachen seine Haltung und sein Verhalten Bände. Er war wieder bei der Arbeit. Er hatte sich aus seinen Drogenträumen erhoben und war irgendeinem neuen Rätsel dicht auf der Spur. Ich läutete, dann wurde ich hinauf zu dem Zimmer geführt, das früher teils mein eigenes gewesen war.

Er zeigte keinerlei Überschwang. Das tat er selten; aber ich glaube, er war froh, mich zu sehen. Fast ohne ein Wort, doch mit freundlichem Blick wies er mir einen Sessel, warf mir seine Zigarrenkiste zu und deutete auf einige Karaffen und einen Sodasiphon in der Zimmerecke. Nun stand er vor dem Kamin und musterte mich kurz in seiner seltsam eindringlichen Art.

»Die Ehe bekommt Ihnen«, bemerkte er. »Ich glaube, Watson, Sie haben siebeneinhalb Pfund zugelegt, seit ich Sie das letzte Mal sah.«

»Sieben«, antwortete ich.

»Wirklich, ich würde denken, es wäre ein wenig mehr. Eine Winzigkeit nur, schätze ich, Watson. Und Sie praktizieren wieder, wie ich sehe. Sie haben mir gar nicht erzählt, dass Sie wieder ins Geschirr gehen wollten.«

»Woher wissen Sie es dann?«

»Ich sehe es, ich folgere es. Woher weiß ich wohl, dass Sie kürzlich sehr nass geworden sind und dass Sie ein höchst ungeschicktes, nachlässiges Dienstmädchen haben?«

»Mein lieber Holmes«, sagte ich, »das ist zu viel. Hätten Sie vor ein paar Jahrhunderten gelebt, ich bin sicher, Sie wären verbrannt worden. Ich habe zwar am Donnerstag tatsächlich einen Landspaziergang gemacht und schrecklich ausgesehen, als ich nach Hause kam; aber da ich meine Kleider gewechselt habe, ist mir nicht klar, woraus Sie das folgern konnten. Was Mary Jane angeht, die ist unverbesserlich, meine Frau hat sie entlassen; doch auch hier ist mir schleierhaft, wie Sie dahintergekommen sind.«

Er lachte in sich hinein und rieb seine langen, sehnigen Hände.

»Nichts einfacher als das«, sagte er. »Meine Augen sagen mir, dass auf der Innenseite Ihres linken Schuhs, just wo der Schein des Feuers hinfällt, das Leder von sechs fast parallelen Schnitten gezeichnet ist. Offenbar sind sie von jemandem verursacht worden, der nachlässig um die Sohle herumgekratzt hat, um verkrusteten Schmutz zu entfernen. Daher also meine doppelte Folgerung, dass Sie bei scheußlichem Wetter unterwegs waren und unter allen dienstbaren Geistern Londons ein besonders tückisches, schuhschlitzendes Exemplar erwischt haben. Was Ihre Praxis angeht: Wenn ein Gentleman meine Wohnung betritt, der nach Jodoform riecht, der am rechten Zeigefinger einen schwarzen Silbernitratfleck und dessen Zylinder rechts eine Beule hat, die verrät, wo er sein Stethoskop versteckt, dann müsste ich wirklich schwer von Begriff sein, wenn ich ihn nicht zum aktiven Mitglied der ärztlichen Zunft erklärte.«

Angesichts der Leichtigkeit, mit der er seinen Folgerungsprozess erläuterte, musste ich lachen. »Wenn ich Sie Ihre Gründe so darlegen höre«, sagte ich, »erscheint mir die Sache immer so lächerlich einfach zu sein, dass ich es selbst leicht nachmachen könnte, und dennoch bin ich über jeden neuen Ihrer Schlüsse auch aufs Neue verblüfft, bis Sie mir Ihre Schritte erklären. Dabei glaube ich, meine Augen sind ebenso gut wie Ihre.«

»Ganz recht«, antwortete er, zündete sich eine Zigarette an und warf sich in einen Sessel. »Sie sehen, aber Sie beobachten nicht. Die Unterscheidung ist klar. Zum Beispiel haben Sie schon oft die Stufen gesehen, die von der Diele zu diesem Raum heraufführen.«

»Oft.«

»Wie oft?«

»Na ja, einige Hundert Mal.«

»Und wie viele sind es?«

»Wie viele? Das weiß ich nicht.«

»Eben! Sie haben nicht beobachtet. Und doch haben Sie gesehen. Darauf wollte ich hinaus. Nun, ich weiß, es sind siebzehn Stufen, weil ich sowohl gesehen als auch beobachtet habe. Übrigens: Da Sie sich für diese kleinen Probleme begeistern und da Sie so gütig waren, eine oder zwei meiner unbedeutenden Erfahrungen aufzuzeichnen, könnte es sein, dass das hier Sie interessiert.« Er warf mir einen Bogen dickes, rosafarbenes Briefpapier zu, der offen auf dem Tisch gelegen hatte. »Das kam mit der letzten Post«, sagte er. »Lesen Sie laut.«

Die Nachricht war undatiert und trug weder Unterschrift noch Adresse.

> Heute Abend um Viertel vor acht [stand da] wird ein
> Gentleman Sie aufsuchen, der Sie in einer Angelegenheit
> von höchster Wichtigkeit zu konsultieren wünscht. Die

Dienste, die Sie jüngst einem der Königshäuser Europas erwiesen, haben gezeigt, dass Ihnen bedenkenlos Dinge anvertraut werden können, deren Bedeutsamkeit nicht hoch genug zu bewerten ist. Man hat uns diese Einschätzung allseitig bestätigt. Seien Sie also zur genannten Zeit in Ihrem Zimmer, und nehmen Sie keinen Anstoß, falls Ihr Besucher eine Maske trägt.

»Das ist wahrlich mysteriös«, bemerkte ich. »Was, denken Sie, bedeutet das?«

»Ich habe noch keine Fakten. Es ist ein schwerer Fehler, Theorien aufzustellen, bevor man Fakten hat. Unbewusst fängt man an, die Tatsachen zu verdrehen, damit sie die Theorien stützen, anstatt diese den Tatsachen anzupassen. Aber zur Nachricht selbst. Was folgern Sie daraus?«

Sorgfältig untersuchte ich den Text und das Papier, auf dem er geschrieben war.

»Der Mann, der das geschrieben hat, ist vermutlich wohlhabend«, bemerkte ich, wobei ich versuchte, die Denkweise meines Gefährten zu imitieren. »Ein Papier wie dieses kostet nicht weniger als eine halbe Krone pro Päckchen. Es ist eigentümlich dick und steif.«

»Eigentümlich – das ist das richtige Wort«, sagte Holmes. »Es ist gar kein englisches Papier. Halten Sie es gegen das Licht.«

Das tat ich und erkannte ein großes E mit einem kleinen g, ein P und ein großes G mit einem kleinen t in der Textur des Papiers.

»Was halten Sie davon?«, fragte Holmes.

»Der Name des Herstellers, kein Zweifel; oder besser sein Monogramm.«

»Keineswegs. Das G mit dem kleinen t steht für das deutsche Wort ›Gesellschaft‹, eine ebenso geläufige Abkürzung wie unser ›Co.‹ für ›Company‹. P steht natürlich für ›Papier‹. Nun zum Eg. Werfen wir einen Blick in unser ›Lexikon kontinentaler Ortschaften‹.« Er zog einen schweren braunen Band aus dem Regal. »Eglow, Eglonitz – da haben wir's, Eger. Es liegt in einer deutschsprachigen Gegend – in Böhmen, nicht weit von Karlsbad. ›Bekannt als Schauplatz von Wallensteins Tod sowie für seine zahlreichen Glasfabriken und Papiermühlen.‹ Ha, ha, mein Junge, was sagen Sie jetzt?« Seine Augen funkelten, und von seiner Zigarette ließ er eine große blaue Triumphwolke aufsteigen.

»Das Papier wurde in Böhmen hergestellt«, sagte ich.

»Genau. Und der Verfasser der Nachricht ist ein Deutscher. Fällt Ihnen der eigenartige Satzbau auf – ›Man hat uns diese Einschätzung allseitig bestätigt.‹? Kein Franzose oder Russe könnte so etwas schreiben. Allein der Deutsche ist seinen Verben gegenüber so unhöflich. Es bleibt also nur noch herauszufinden, was dieser Deutsche will, der auf böhmischem Papier schreibt und lieber eine Maske trägt, als sein Gesicht zu zeigen. Und da kommt er auch schon, wenn ich nicht irre, um all unsere Zweifel zu zerstreuen.«

Noch während er sprach, waren der harte Klang von Pferdehufen und das Knirschen von Wagenrädern am Randstein zu hören, gefolgt von einem heftigen Zug an der Türglocke. Holmes pfiff.

»Ein Zweispänner, dem Klang nach«, sagte er. »Ja«, fuhr er fort und sah aus dem Fenster. »Ein netter kleiner Brougham und zwei hübsche Tiere. Hundertfünfzig Guineen pro Stück. In diesem Fall steckt Geld, Watson, wenn auch sonst vielleicht nichts.«

»Ich sollte wohl besser gehen, Holmes.«

»Nicht doch, Doktor. Bleiben Sie, wo Sie sind. Ich bin verloren ohne meinen Boswell. Und das hier scheint interessant zu werden. Es wäre ein Jammer, es zu verpassen.«

»Aber Ihr Klient ...«

»Kümmern Sie sich nicht um ihn. Ich könnte Ihre Hilfe brauchen, und er genauso. Da kommt er. Setzen Sie sich in diesen Sessel, Doktor, und schenken Sie uns Ihre ganze Aufmerksamkeit.«

Langsame, schwere Schritte, die schon auf der Treppe und im Flur zu hören gewesen waren, stoppten unmittelbar vor der Tür. Es folgte ein lautes, gebieterisches Klopfen.

»Herein!«, sagte Holmes.

Ein Mann betrat das Zimmer, wohl kaum kleiner als sechs Fuß sechs Zoll, mit der Brust und den Gliedern eines Herkules. Seine Kleidung war prunkvoll in einer Weise, die in England als Ausdruck schlechten Geschmacks gegolten hätte. Breite Streifen von Astrachanpelz zierten Revers und Ärmel seines zweireihigen Rocks, während der tiefblaue Umhang, den er über die Schultern geworfen hatte, von flammroter Seide gesäumt und am Hals mit einer Brosche befestigt war, die aus einem einzigen feurigen Beryll bestand. Stiefel, die bis zur Hälfte seiner Waden reichten und an den Schäften mit dichtem braunen Pelz besetzt waren, vervollständigten den Eindruck barbarischer Opulenz, den seine ganze Erscheinung hervorrief. Er hielt einen breitkrempigen Hut in der Hand, und der obere Teil seines Gesichts war bis unterhalb der Wangenknochen hinter einer schwarzen Maske verborgen, die er anscheinend gerade erst zurechtgerückt hatte, denn als er eintrat, war seine andere Hand noch erhoben. Dem unteren Teil seines Gesichts nach schien er ein Mann von starkem Charakter zu sein, mit dicker, hängender Unterlippe und einem geraden, ausladenden Kinn, das Entschlossenheit nahe an der Grenze zur Starrköpfigkeit andeutete.

»Meine Nachricht hat Sie erreicht?«, fragte er mit tiefer, harscher Stimme und starkem deutschen Akzent. »Ich ließ Sie wissen, ich würde Sie aufsuchen.« Er blickte zwischen uns hin und her, offenbar unsicher, an wen er sich wenden sollte.

»Bitte nehmen Sie Platz«, sagte Holmes. »Das ist mein Freund und Kollege Dr. Watson, der hin und wieder so freundlich ist, mir bei meinen Fällen zu helfen. Mit wem habe ich die Ehre?«

»Sie dürfen mich Graf von Kramm nennen, einen böhmischen Edelmann. Ich nehme an, dieser Gentleman, Ihr Freund, ist ein Mann von Ehre und Diskretion, dem ich in einer Angelegenheit von allerhöchster Wichtigkeit trauen kann. Andernfalls zöge ich es vor, mit Ihnen allein zu sprechen.«

Ich stand auf, um zu gehen, aber Holmes fasste mein Handgelenk und drückte mich wieder in meinen Sessel. »Beide oder keiner«, sagte er. »Was immer Sie mir zu sagen haben, können Sie auch vor diesem Gentleman sagen.«

Der Graf zuckte seine breiten Schultern. »Dann muss ich damit beginnen«, sagte er, »dass ich Sie beide für zwei Jahre zu absoluter Geheimhaltung verpflichte; nach dieser Frist wird die Sache keinerlei Bedeutung mehr haben. Derzeit aber ist es nicht übertrieben, wenn ich sage, dass sie von solcher Tragweite ist, dass sie Einfluss auf die Geschichte Europas haben könnte.«

»Ich verspreche es«, sagte Holmes.

»Ich ebenfalls.«

»Sie werden diese Maske entschuldigen«, fuhr unser seltsamer Besucher fort. »Die erlauchte Person, in deren Diensten ich stehe, wünscht, dass ihr Vertreter Ihnen unbekannt bleibt, und ich darf gleich gestehen, dass der Titel, mit dem ich mich eben vorgestellt habe, nicht ganz der meine ist.«

»Das war mir klar«, sagte Holmes trocken.

»Die Umstände sind überaus heikel, und es sind alle Vorkehrungen zu treffen, um einer Sache, die sich zu einem unerhörten Skandal auswachsen und eine der Herrscherfamilien Europas ernstlich kompromittieren könnte, den Riegel vorzuschieben. Um es ganz offen zu sagen, die Angelegenheit betrifft das hohe Haus derer von Ormstein, Erbkönige von Böhmen.«

»Auch das war mir klar«, murmelte Holmes, während er sich in seinem Sessel zurücklehnte und die Augen schloss.

Mit sichtlicher Überraschung musterte unser Besucher die lustlos dasitzende Gestalt des Mannes, der ihm gewiss als schärfster Denker und tatkräftigster Ermittler Europas beschrieben worden war. Holmes öffnete langsam die Augen und sah seinen riesenhaften Klienten ungeduldig an.

»Wenn Eure Majestät sich herablassen würden, Ihren Fall zu schildern«, bemerkte er, »könnte ich Sie besser beraten.«

Der Mann sprang aus seinem Sessel und schritt in unbezwingbarer Erregung im Raum auf und ab. Schließlich riss er sich mit einer Geste der Verzweiflung die Maske vom Gesicht und schleuderte sie zu Boden. »Sie haben recht«, rief er,

»ich bin der König. Warum soll ich versuchen, es zu verheimlichen?«

»Exakt, wozu?«, murmelte Holmes. »Eure Majestät hatten noch nichts gesagt, da wusste ich bereits, dass ich mit Wilhelm Gottsreich Sigismund von Ormstein sprach, Großherzog von Kassel-Falstein und Erbkönig von Böhmen.«

»Aber Sie werden verstehen«, sagte unser seltsamer Besucher, indem er wieder Platz nahm und mit der Hand über seine hohe weiße Stirn strich, »Sie werden verstehen, dass ich es nicht gewohnt bin, derlei Geschäfte persönlich zu erledigen. Die Sache ist jedoch so delikat, dass ich sie keinem Beauftragten anvertrauen konnte, ohne mich ihm auszuliefern. Ich bin inkognito aus Prag gekommen, um Sie zu konsultieren.«

»Nun, dann konsultieren Sie bitte«, sagte Holmes und schloss erneut die Augen.

»Kurz, die Fakten sind folgende: Vor etwa fünf Jahren, während eines längeren Aufenthalts in Warschau, lernte ich die bekannte Abenteurerin Irene Adler kennen. Der Name ist Ihnen sicher geläufig.«

»Suchen Sie sie bitte in meinem Index, Doktor«, murmelte Holmes, ohne die Augen zu öffnen. Seit vielen Jahren verwendete er ein System, mit dem er alle Artikel über Personen und Dinge erfasste, sodass es schwierig war, ein Thema oder einen Menschen zu nennen, zu dem er nicht sogleich Informationen liefern konnte. In diesem Fall fand ich ihre Biografie eingeklemmt zwischen der eines Rabbiners und der eines Stabskommandeurs, der eine Monografie über Tiefseefische geschrieben hatte.

»Lassen Sie mal sehen«, sagte Holmes. »Hm! Geboren in New Jersey im Jahr 1858. Altistin – hm! La Scala, hm! Primadonna der Kaiserlichen Oper Warschau – ja! Rückzug vom Opernbetrieb – ha! Lebt in London – na also! Wie ich annehme, haben Eure Majestät sich mit dieser jungen Person eingelassen, ihr einige verfängliche Briefe geschrieben und wünschen nun, diese Briefe zurückzubekommen.«

»Völlig richtig. Aber wie ...«

»Gab es eine heimliche Eheschließung?«

»Nein.«

»Keine rechtsgültigen Papiere oder Urkunden?«

»Keine.«

»Dann kann ich Eurer Majestät nicht folgen. Falls diese junge Person die Briefe für eine Erpressung oder andere Zwecke benutzt, wie soll sie ihre Echtheit beweisen?«

»Durch die Handschrift.«

»Pah! Eine Fälschung.«

»Mein privates Briefpapier.«

»Gestohlen.«

»Mein persönliches Siegel.«

»Nachgemacht.«

»Meine Fotografie.«

»Gekauft.«

»Das Bild zeigt uns beide.«

»Du meine Güte! Das ist in der Tat sehr schlecht! Majestät haben da wirklich eine Indiskretion begangen.«

»Ich war verrückt – wahnsinnig.«

»Sie haben sich ernstlich kompromittiert.«

»Ich war damals nur Kronprinz. Ich war jung. Ich bin heute erst dreißig.«

»Es muss beschafft werden.«

»Wir haben es versucht und sind gescheitert.«

»Eure Majestät müssen bezahlen. Man muss es kaufen.«

»Sie verkauft nicht.«

»Dann also stehlen.«

»Es gab fünf solcher Versuche. Zweimal heuerte ich Einbrecher an, die ihr Haus durchwühlten. Einmal leiteten wir ihr Gepäck um, als sie reiste. Zweimal hat man ihr aufgelauert. Alles ohne Erfolg.«

»Keine Spur von dem Bild?«

»Absolut keine.«

Holmes lachte. »Wahrlich ein hübsches kleines Problem«, sagte er.

»Für mich allerdings ein sehr ernstes«, erwiderte der König vorwurfsvoll.

»Sehr, in der Tat. Und was gedenkt sie mit der Fotografie zu tun?«

»Mich zu ruinieren.«

»Aber wie?«

»Ich werde bald heiraten.«

»Ich hörte davon.«

»Nämlich Clothilde Lothman von Sachsen-Meiningen, zweite Tochter des skandinavischen Königs. Sie wissen vielleicht um die strikten Prinzipien ihrer Familie. Sie selbst ist ein Ausbund an Feinfühligkeit. Der Schatten eines Zweifels auf meinem Leumund und die ganze Sache wäre zu Ende.«

»Und Irene Adler?«

»Droht damit, ihnen die Fotografie zu schicken. Und sie wird es tun. Ich weiß, dass sie es tun wird. Sie kennen sie nicht, aber sie hat eine eiserne Seele. Sie hat das Gesicht der schönsten aller Frauen und den Verstand des entschlossensten aller Männer. Bevor sie mich eine andere Frau heiraten lässt, wird sie alle Hebel in Bewegung setzen – alle.«

»Sie sind sicher, dass sie das Bild noch nicht abgeschickt hat?«

»Ich bin sicher.«

»Und warum?«

»Weil sie gesagt hat, sie werde es an dem Tag abschicken, an dem das Verlöbnis öffentlich bekannt gemacht wird. Das ist kommenden Montag.«

»Oh, dann bleiben uns ja noch drei Tage«, sagte Holmes mit einem Gähnen. »Ein glücklicher Umstand, denn ich habe heute noch ein, zwei wichtige Dinge zu prüfen. Eure Majestät werden natürlich vorerst in London bleiben?«

»Gewiss. Sie finden mich im ›Langham‹, unter dem Namen des Grafen von Kramm.«

»Dann werde ich Sie schriftlich wissen lassen, wie wir vorankommen.«

»Bitte tun Sie das. Ich bin äußerst besorgt.«

»Wie steht es mit dem Geld?«

»Sie haben *carte blanche*.«

»Absolut?«

»Ich sage Ihnen, ich würde eine der Provinzen meines Königreichs geben, um diese Fotografie zu bekommen.«

»Und für laufende Ausgaben?«

Der König holte einen schweren Beutel aus Sämischleder unter seinem Umhang hervor und legte ihn auf den Tisch.

»Das sind dreihundert Pfund in Gold und siebenhundert in Banknoten«, sagte er.

Holmes kritzelte eine Quittung auf ein Blatt aus seinem Notizbuch und reichte sie ihm.

»Und die Adresse von Mademoiselle?«, fragte er.

»Lautet Briony Lodge, Serpentine Avenue, St. John's Wood.«

Holmes notierte es. »Eine Frage noch«, sagte er. »Die Fotografie hat Kabinettformat?«

»Ja.«

»Nun denn, gute Nacht, Eure Majestät, ich bin sicher, wir werden bald gute Nachrichten für Sie haben. Und gute Nacht, Watson«, fügte er hinzu, als die Räder des königlichen Brougham die Straße hinabrollten. »Wenn Sie so nett sein wollen, morgen Nachmittag um drei Uhr vorbeizukommen, dann würde ich gern mit Ihnen über diese kleine Angelegenheit plaudern.«

II

Punkt drei Uhr traf ich in der Baker Street ein, doch Holmes war noch nicht zurück. Die Wirtin teilte mir mit, er habe das Haus um kurz nach acht Uhr morgens verlassen. Ich setzte mich trotzdem an den Kamin, in der Absicht, auf ihn zu warten, wie lange er auch fortblieb. Sein Fall hatte mich längst gefesselt, denn auch wenn er keine derart grausigen und seltsamen Züge trug wie die zwei von mir bereits aufgezeichneten Verbrechen, so verliehen ihm seine Merkmale und die hohe Stellung des Klienten doch einen eigenen Charakter. Abgesehen von der Art der Untersuchungen, mit denen mein Freund sich befasste, gab es da etwas in seiner souveränen Einschätzung der Lage und seinem kühlen, scharfen Denken, das es mir zum Vergnügen machte, seine Arbeitsweise zu studieren und den raschen, subtilen Methoden zu folgen, mit denen er die unentwirrbarsten Rätsel löste. Ich war schon so sehr an seine ständigen Erfolge gewöhnt, dass mir die Möglichkeit seines Scheiterns gar nicht mehr in den Kopf kam.

Es war kurz vor vier, als sich endlich die Tür öffnete und ein betrunken wirkender Stallbursche, ungekämmt und backenbärtig, mit rot glühendem Gesicht und liederlicher Kleidung, ins Zimmer trat. Ich wusste zwar um die erstaunlichen Verkleidungskünste meines Freundes, doch ich musste dreimal hinschauen, ehe ich sicher sein konnte, dass tatsächlich er es war. Mit einem Nicken verschwand er im Schlafzimmer und tauchte fünf Minuten später im Tweedanzug und gewohnt respektabel wieder auf. Er steckte die Hände in die Taschen und streckte vor dem Kamin die Beine aus, dann lachte er eine Weile herzhaft.

»Also, wirklich!«, rief er, verschluckte sich und lachte wieder, bis er sich schlaff und hilflos im Sessel zurücklehnen musste.

»Was ist?«

»Es ist einfach zu komisch. Ich bin sicher, Sie werden nie erraten, wie ich meinen Vormittag verbracht und was ich zuletzt getan habe.«

»Keine Ahnung. Ich vermute, Sie haben die Gewohnheiten und vielleicht das Haus von Miss Irene Adler ausgekundschaftet.«

»Ganz recht, aber das Nachspiel war ziemlich ungewöhnlich. Nun denn, ich erzähle es Ihnen. Heute Morgen um kurz nach acht Uhr verließ ich das Haus, verkleidet als arbeitsloser Stallbursche. Unter Pferdeleuten herrschen wunderbares Einverständnis und Kameradschaft. Man muss nur einer von ihnen sein, schon erfährt man alles, was es zu wissen gibt. Die Briony Lodge war schnell gefunden. Ein Schmuckstück von Villa, rückwärtig mit Garten, vorn aber bis an die Straße gebaut, zwei Etagen. An der Tür ein Chubb-Schloss. Rechts ein großes Wohnzimmer, wohlmöbliert, mit langen Fenstern fast bis zum Boden und diesen lachhaften englischen Riegeln, die ein Kind öffnen könnte. Dahinter nichts Bemerkenswertes, außer dass sich das Korridorfenster vom Dach der Remise aus erreichen lässt. Ich ging um das Haus herum und untersuchte es gründlich von allen Seiten, konnte jedoch nichts Interessantes mehr beobachten.

Dann schlenderte ich die Straße entlang und stellte wie erwartet fest, dass es in einer Gasse, die an einer der Gartenmauern verläuft, einen Stall gibt. Ich ging den Burschen beim Abreiben der Pferde zur Hand und bekam dafür zwei Pence, ein Glas Ale-und-Porter, für zwei Pfeifen Shagtabak und so viele Auskünfte über Miss Adler, wie ich mir nur wünschen konnte, ganz zu schweigen von dem halben Dutzend anderer Leute in der Nachbarschaft, an denen ich zwar nicht das leiseste Interesse hatte, deren Biografien ich mir aber anhören musste.«

»Und was ist mit Irene Adler?«, fragte ich.

»Oh, sie hat sämtlichen Männern der Gegend den Kopf verdreht. Auf diesem Planeten ist sie das niedlichste Ding, das eine Haube trägt. Im Serpentine-Stall sagen das alle. Sie führt ein ruhiges Leben, singt auf Konzerten, fährt täglich um fünf Uhr aus und kehrt pünktlich um sieben zum Dinner zurück. Sonst geht sie selten aus, es sei denn, sie singt. Sie hat nur einen männlichen Besucher, den allerdings oft. Er ist dunkelhaarig, stattlich und elegant; er kommt nie seltener als einmal pro Tag, oft sogar zweimal. Ein gewisser Mr Godfrey Norton aus dem Inner Temple. Sie sehen, es hat Vorzüge, Kutscher zu Vertrauten zu haben. Sie haben ihn Dutzende Male vom Serpentine-Stall nach Hause gefahren und wissen alles über ihn. Nachdem ich mir angehört hatte, was sie zu erzählen wussten, ging ich aufs Neue vor der Briony Lodge auf und ab und begann, mir meinen Schlachtplan zurechtzulegen.

Dieser Godfrey Norton war offenbar ein wichtiger Faktor in der Sache. Ein Anwalt. Das klang ominös. Welcher Art war ihre Beziehung und was der Zweck seiner wiederholten Besuche? War sie seine Klientin, seine Freundin, seine Mätresse? Im ersten Fall hatte sie ihm die Fotografie vermutlich zur Aufbewahrung übergeben. Im letzteren war das weniger wahrscheinlich. Von der Antwort auf diese Frage hing nun ab, ob ich meine Arbeit bei der Briony Lodge fortsetzen oder meine Aufmerksamkeit den Räumen des Gentleman im Temple zuwenden sollte. Das war ein heikler Punkt, denn er erweiterte das Feld meiner Ermittlungen. Ich fürchte, ich langweile Sie mit diesen Einzelheiten, aber ich muss Ihnen meine kleinen Schwierigkeiten verdeutlichen, damit Sie die Situation begreifen.«

»Ich höre Ihnen aufmerksam zu«, antwortete ich.

»Ich war noch dabei, die Sache im Geiste abzuwägen, als ein Hansom vor der Briony Lodge hielt und ein Gentleman heraussprang. Ein bemerkenswert stattlicher Mann, dunkelhaarig, mit Adlernase und Schnurrbart – offensichtlich derjenige, von dem ich gehört hatte. Er schien in großer Eile zu sein, rief dem Kutscher zu, er solle warten, und rauschte an dem Mädchen, das die Tür öffnete, vorbei wie jemand, der sich ganz wie zu Hause fühlt.

Eine halbe Stunde etwa blieb er im Haus, und hin und wieder konnte ich durchs Wohnzimmerfenster sehen, wie er auf und ab lief, sich echauffierte und mit den Armen fuchtelte. Von ihr sah ich nichts. Dann kam er wieder heraus und schien noch gehetzter als zuvor. Als er an den Wagen trat, zog er eine goldene Uhr aus der Tasche und warf einen ernsten Blick darauf. ›Fahren Sie wie der Teufel‹, rief er, ›erst zu Gross & Hankey's in der Regent Street, dann zur St.-Monica-Kirche in der Edgware Road. Eine halbe Guinee, wenn Sie's in zwanzig Minuten schaffen!‹

Weg war der Wagen, und ich überlegte gerade, ob es nicht besser wäre, ihm zu folgen, als ein hübscher kleiner Landauer die Gasse heraufkam, der Kutscher mit nur halb zugeknöpftem Rock und der Krawatte unter dem Ohr, während am Geschirr sämtliche Riemen aus den Schnallen ragten. Er stand noch nicht ganz, da schoss sie schon aus der Haustür und sprang hinein. Ich konnte in diesem Moment nur einen kurzen Blick auf sie erhaschen, doch sie ist eine schöne Frau, mit einem Gesicht, für das mancher sein Leben gäbe.

›Die St.-Monica-Kirche, John‹, rief sie, ›und einen halben Sovereign, wenn Sie in zwanzig Minuten dort sind.‹

Die Gelegenheit war zu gut, um sie zu verpassen, Watson. Ich überlegte gerade, ob ich laufen oder hinten auf ihrem Landauer aufsitzen sollte, da kam eine Droschke die Straße herunter. Einen derart schäbigen Fahrgast sah sich der Fahrer natürlich zweimal an, aber ich sprang hinein, bevor er protestieren konnte. ›Die St.-Monica-Kirche‹, sagte ich, ›und einen halben Sovereign, wenn Sie in zwanzig Minuten dort sind.‹ Es war fünf nach halb zwölf, und es war mehr als klar, was in der Luft lag.

Mein Kutscher fuhr schnell. Ich glaube nicht, dass ich je schneller gefahren bin, aber die andern waren vor uns dort. Mit dampfenden Pferden standen Hansom und Landauer vor der Tür, als ich ankam. Ich bezahlte den Mann und hastete in die Kirche. Keine Menschenseele war zu sehen, außer den beiden, denen ich gefolgt war, und einem Priester im Chorrock, der sie zurechtzuweisen schien. Alle drei standen dicht beieinander vor dem Altar. Ich schlenderte durch das Seitenschiff wie irgendein Müßiggänger, der zufällig in eine Kirche gerät. Zu meiner Überraschung drehten die drei am Altar sich plötzlich zu mir um, und Godfrey Norton kam, so schnell er konnte, auf mich zugestürmt.

›Gott sei Dank!‹, rief er. ›Sie werden reichen. Kommen Sie! Kommen Sie!‹

›Was gibt's?‹, fragte ich.

›Kommen Sie her, Mann, kommen Sie, nur noch drei Minuten, sonst ist es nicht rechtsgültig.‹

Ich wurde förmlich zum Altar gezerrt, und bevor ich begriff, wo ich war, hörte ich mich Antworten murmeln, die man mir ins Ohr flüsterte, und Dinge bezeugen, von denen ich nichts wusste, und sah mich alles in allem die dauerhafte Verbindung von Irene Adler, Jungfer, und Godfrey Norton, Junggeselle, befördern. Im Nu war alles erledigt, und der Gentleman auf der einen und die Lady auf der anderen Seite standen da und dankten mir, während der Priester mich von vorn anstrahlte. Es war die absurdeste Situation meines ganzen Lebens, und der Gedanke eben daran brachte mich vorhin zum Lachen. Anscheinend hatte es einen Formfehler in ihren Papieren gegeben, weshalb der Priester sich rundheraus weigerte, sie ohne einen Zeugen zu trauen, und mein zufälliges Auftauchen den Bräutigam davor bewahrte, auf die Straße stürmen und einen Trauzeugen suchen zu müssen. Die Braut gab mir einen Sovereign, und ich habe vor, ihn als Andenken an dieses Ereignis an meiner Uhrkette zu tragen.«

»Eine ziemlich unerwartete Wendung der Dinge«, sagte ich. »Und dann?«

»Nun, ich sah meine Pläne ernstlich bedroht. Wie es aussah, hätte das Paar auch unverzüglich abreisen und damit prompte und energische Maßnahmen meinerseits nötig machen können. Doch an der Kirchentür trennten sie sich, er fuhr zurück zum Temple und sie zu ihrem Haus. ›Ich werde wie immer um fünf in den Park fahren‹, sagte sie zum Abschied. Mehr hörte ich nicht. Sie fuhren in verschiedene Richtungen davon, und ich ging, um meine eigenen Vorkehrungen zu treffen.«

»Die da wären?«

»Kaltes Rindfleisch und ein Glas Bier«, antwortete er und läutete die Glocke. »Ich war zu beschäftigt, um ans Essen zu denken, und heute Abend werde ich wahrscheinlich noch beschäftigter sein. Übrigens, Doktor, ich bedarf Ihrer Mitarbeit.«

»Mit dem größten Vergnügen.«

»Macht es Ihnen etwas aus, das Gesetz zu brechen?«

»Nicht im Geringsten.«

»Oder möglicherweise verhaftet zu werden?«

»Nicht für eine gute Sache.«

»Oh, die Sache ist exzellent!«

»Dann bin ich Ihr Mann.«

»Ich wusste, ich kann mich auf Sie verlassen.«

»Was soll ich denn für Sie tun?«

»Sobald Mrs Turner das Tablett gebracht hat, werde ich es Ihnen erklären. Nun«, sagte er, als er sich hungrig dem einfachen Mahl zuwandte, das unsere Wirtin bereitet hatte, »ich muss das besprechen, während ich esse, denn ich habe nicht viel Zeit. Es ist jetzt fast fünf. In zwei Stunden müssen wir am Schauplatz sein. Miss Irene, oder besser Madame, kommt um sieben von ihrer Ausfahrt zurück. Briony Lodge – wir müssen dort sein, um sie zu treffen.«

»Und was dann?«

»Das müssen Sie mir überlassen. Ich habe bereits alles arrangiert. Es gibt nur einen Punkt, auf den ich bestehen muss. Sie dürfen sich nicht einmischen, egal was geschieht. Haben Sie das verstanden?«

»Ich soll unbeteiligt bleiben?«

»Sie sollen gar nichts tun. Es wird vermutlich einige kleine Unerfreulichkeiten geben. Gehen Sie nicht dazwischen. Es wird damit enden, dass man mich ins Haus bringt. Vier oder fünf Minuten später wird sich das Wohnzimmerfenster öffnen. Sie werden sich dicht an diesem offenen Fenster postieren.«

»Ja.«

»Sie behalten mich im Auge, denn Sie werden mich sehen können.«

»Ja.«

»Und wenn ich meine Hand hebe – so –, werden Sie etwas, das ich Ihnen noch gebe, in den Raum werfen und dabei ›Feuer!‹ rufen. Sie können mir folgen?«

»Vollkommen.«

»Es ist nicht besonders gefährlich«, sagte er und zog eine lange zigarrenartige Walze aus der Tasche. »Eine gewöhnliche Rauchpatrone, wie Klempner sie benutzen, an den Enden je eine Kappe, um sie zu zünden. Genau das ist Ihre Aufgabe. Sobald Sie ›Feuer!‹ rufen, werden eine ganze Menge Leute in den Schrei einstimmen. Sie können dann zum Ende der Straße gehen, ich stoße zehn Minuten später zu Ihnen. Ich hoffe, ich habe mich klar ausgedrückt?«

»Ich soll unbeteiligt bleiben, dicht ans Fenster kommen, Sie im Auge behalten und auf Ihr Zeichen hin diesen Gegenstand in den Raum werfen, dann ›Feuer!‹ rufen und an der Straßenecke auf Sie warten.«

»Exakt.«

»Nun, Sie können sich ganz auf mich verlassen.«

»Ausgezeichnet. Ich glaube, es wird langsam Zeit, dass ich mich auf meine neue Rolle vorbereite.«

Er verschwand in seinem Schlafzimmer und kam nach wenigen Minuten als liebenswerter, einfältiger Nonkonformisten-Priester zurück. Den breiten schwarzen Hut, die ausgebeulten Hosen, die weiße Halsbinde, das sympathische Lächeln und den allgemeinen Ausdruck eifriger, gütiger Neugier hätte einzig Mr John Hare auf ähnliche Weise zur Schau tragen können. Holmes hatte nicht einfach seine Kleidung gewechselt. Sein Tonfall, seine Haltung, ja sein Wesen schien sich mit jeder neuen Rolle, in die er schlüpfte, zu verändern. Der Bühne ging ein glänzender Schauspieler und der Wissenschaft ein scharfer Denker verloren, als er zum Verbrechensexperten wurde.

Es war Viertel nach sechs, als wir die Baker Street verließen, und zehn Minuten vor sieben, als wir die Serpentine Avenue erreichten. Es dämmerte bereits, und die Straßenlampen wurden angezündet, während wir vor der Briony Lodge auf und ab gingen und auf die Ankunft der Bewohnerin warteten. Das Haus war genau so, wie ich es mir nach Sherlock Holmes' knapper Beschreibung vorgestellt hatte, doch die Gegend schien weniger abgeschieden zu sein als erwartet. Im Gegenteil, für eine kleine Straße in einem ruhigen Viertel war sie auffallend belebt. Ein paar schäbig gekleidete Männer rauchten und lachten an einer Ecke, ein Scherenschleifer hockte bei seinem Schleifstein, zwei Gardisten schäkerten mit einem Kindermädchen, und mehrere gut gekleidete Jünglinge schlenderten mit Zigarren in den Mundwinkeln die Straße auf und ab.

»Sie sehen«, bemerkte Holmes, als wir vor dem Haus hin und her gingen, »diese Heirat vereinfacht die Sache erheblich. Die Fotografie wird jetzt zum zweischneidigen Schwert. Möglicherweise ist die Lady ebenso dagegen, dass Mr Godfrey Norton das Bild sieht, wie unser Klient dagegen ist, dass seine Prinzessin es zu Gesicht bekommt. Die Frage ist bloß: Wo finden wir die Fotografie?«

»Allerdings, wo?«

»Es ist höchst unwahrscheinlich, dass sie sie bei sich trägt. Das Format ist Kabinett. Zu groß, um einfach in den Kleidern einer Frau verborgen zu werden. Sie weiß, dass der König imstande ist, ihr auflauern und sie durchsuchen zu lassen. Zwei derartige Versuche hat es bereits gegeben. Gehen wir also davon aus, dass sie sie nicht bei sich trägt.«

»Wo ist das Bild dann?«

»Bei ihrem Bankier oder bei ihrem Anwalt. Diese zwei Möglichkeiten bestehen. Ich neige jedoch zu keiner von beiden. Frauen tun von Natur aus gern heimlich, und sie behalten ihre Geheimnisse für sich. Warum sollte sie es jemandem übergeben? Sich selbst kann sie trauen, aber woher weiß sie, ob auf einen Geschäftsmann nicht indirekter oder politischer Druck ausgeübt wird? Bedenken Sie auch, dass sie beschlossen hat, das Bild in wenigen Tagen zu verwenden. Es muss irgendwo in ihrer Reichweite sein. Es muss in ihrem Haus sein.«

»Aber dort ist zweimal eingebrochen worden.«

»Pah! Die wussten nicht, wie man sucht.«

»Und wie wollen Sie suchen?«

»Ich werde nicht suchen.«

»Was dann?«

»Ich werde sie dazu bringen, es mir zu zeigen.«

»Aber sie wird sich weigern.«

»Das wird sie nicht können. Aber ich höre das Rumpeln von Rädern. Das ist ihr Wagen. Führen Sie jetzt Wort für Wort meine Anweisungen aus.«

Noch während er sprach, erschienen die Seitenlampen einer Kutsche an der Biegung der Allee. Ein schmucker kleiner Landauer ratterte bis vor die Tür der Briony Lodge. Als er anhielt, stürzte einer der Eckensteher hinzu, um die Tür zu öffnen und sich ein Kupferstück zu verdienen, doch ein anderer Faulenzer, der in gleicher Absicht herangerauscht war, stieß ihn beiseite. Ein heftiger Streit entbrannte, der noch geschürt wurde von den beiden Gardisten, die sich auf die Seite des einen Bummlers schlugen, und dem Scherenschleifer, der sich ebenso hitzig auf die des anderen stellte. Ein Schlag folgte, und unversehens fand sich die Lady, die aus der Kutsche gestiegen war, inmitten eines Knäuels rotgesichtiger, kämpfender Männer wieder, die mit Fäusten und Stöcken wüst aufeinander einschlugen. Holmes drängte sich ins Gewühl, um die Lady zu schützen; doch just als er sie erreichte, stieß er einen Schrei aus und ging zu Boden, das Gesicht blutüberströmt. Bei seinem Sturz gaben die Gardisten in die eine, die Bummler in die andere Richtung Fersengeld, während eine Anzahl besser gekleideter Leute, die der Rangelei unbeteiligt zugesehen hatten, sich herandrängte, um der Lady zu helfen und den Verletzten zu versorgen. Irene Adler, wie ich sie weiter nennen will, eilte die Stufen hinauf; oben jedoch blieb sie stehen, ihre herrliche Gestalt umrissen von den Lichtern der Diele, und blickte zurück zur Straße.

»Ist der arme Gentleman arg verletzt?«, fragte sie.

»Er ist tot«, riefen mehrere Stimmen.

»Nein, nein, noch nicht ganz!«, schrie eine andere. »Aber er wird sterben, bevor ihn jemand ins Hospital bringen kann.«

»Er ist ein mutiger Kerl«, sagte eine Frau. »Wäre er nicht gewesen, sie hätten der Lady Tasche und Uhr abgenommen. Das war eine Bande, und eine grobe noch dazu. Ah, er atmet wieder.«

»Er kann nicht hier auf der Straße liegen. Dürfen wir ihn reinbringen, Ma'm?«

»Natürlich. Bringen Sie ihn ins Wohnzimmer. Da steht ein bequemes Sofa. Hier entlang, bitte!«

Langsam und feierlich wurde er in die Briony Lodge getragen und im großen Zimmer niedergelegt, während ich die Vorgänge weiter von meinem Posten beim Fenster aus beobachtete. Man hatte die Lampen angezündet, die Vorhänge jedoch nicht zugezogen, sodass ich Holmes auf der Couch liegen sehen konnte. Ich weiß nicht, ob er in jenem Moment Skrupel empfand wegen der Rolle, die er spielte, aber ich weiß, dass ich mich in meinem ganzen Leben nie so sehr geschämt habe wie damals, als ich das bezaubernde Wesen sah, gegen das ich konspirierte, und die Anmut und Güte, mit der sie sich um den Verletzten kümmerte. Und doch, es wäre der finsterste Verrat an Holmes gewesen, mich nun aus der mir anvertrauten Rolle fortzustehlen. Ich wappnete mein Herz und holte die Rauchpatrone unter meinem Ulster hervor. Wenigstens, dachte ich, schaden wir ihr nicht. Wir hindern sie nur daran, einem anderen zu schaden.

Holmes hatte sich auf der Couch aufgerichtet, und ich sah ihn sich gebärden wie jemand, der Atemnot hat. Ein Mädchen stürzte zum Fenster und riss es auf. Im selben Augenblick sah ich, wie er die Hand hob, und auf das Signal hin warf ich mit dem Schrei »Feuer!« meine Patrone ins Zimmer. Das Wort war kaum über meine Lippen, da begannen schon sämtliche Zuschauer, gut wie schlecht gekleidete – Gentlemen, Stallknechte, Dienstmädchen –, wie aus einem Mund »Feuer!« zu schreien. Dicke Rauchwolken quollen durch den Raum und zum Fenster hinaus. Undeutlich sah ich gehetzte Gestalten, und kurz darauf hörte ich drinnen Holmes' Stimme versichern, es sei falscher Alarm. Ich schlüpfte durch die schreiende Menge, schaffte es bis zur Straßenecke und war hocherfreut, als ich zehn Minuten später den Arm meines Freundes in dem meinen fühlte und wir uns vom Schauplatz des Aufruhrs entfernten. Für einige Minuten ging er zügig und schwieg, bis wir in eine der ruhigen Straßen abgebogen waren, die zur Edgware Road führen.

»Sehr gut gemacht, Doktor«, bemerkte er. »Es hätte nicht besser sein können. Alles ist in Ordnung.«

»Sie haben die Fotografie?«

»Ich weiß, wo sie ist.«

»Und wie haben Sie das herausgefunden?«

»Sie hat es mir gezeigt, wie ich es Ihnen sagte.«

»Ich tappe weiter im Dunkeln.«

»Ich will kein Geheimnis daraus machen«, sagte er lachend. »Die Sache war ganz einfach. Sie haben natürlich begriffen, dass alle auf der Straße Komplizen waren. Sie wurden eigens für diesen Abend engagiert.«

»So viel dachte ich mir.«

»Nun, als das Gerangel begann, hatte ich ein wenig feuchte rote Farbe in der Handfläche. Ich stürmte los, fiel, schlug mir die Hand vors Gesicht und bot einen mitleiderregenden Anblick. Das ist ein alter Trick.«

»Auch das konnte ich mir noch denken.«

»Dann trug man mich hinein. Sie musste mich einfach hineinlassen. Was sonst hätte sie tun können? Noch dazu in ihr Wohnzimmer, genau der Raum, den ich im Visier hatte. Möglich war noch ihr Schlafzimmer, und ich war entschlossen herauszufinden, welches es war. Sie legten mich auf eine Couch, ich rang nach Luft, sie mussten das Fenster öffnen, und dann kam Ihr Part.«

»Und das hat Ihnen geholfen?«

»Das war das Allerwichtigste. Wenn eine Frau glaubt, ihr Haus stehe in Flammen, eilt sie instinktiv sofort zu dem Gegenstand, den sie am meisten schätzt. Der Impuls ist absolut unwiderstehlich, und ich habe mehr als einmal davon profitiert. Er war mir schon im Fall des Austausch-Skandals in Darlington von Nutzen, und ebenso in der Sache Arnsworth Castle. Eine verheiratete Frau ergreift ihr Baby – eine unverheiratete langt nach ihrem Schmuckkästchen. Nun, mir war klar, dass unsere Lady heute nichts Wertvolleres im Haus hatte als das, was wir suchen. Sie würde es also eilends in Sicherheit bringen. Der Feueralarm war ausgezeichnet gemacht. Rauch und Geschrei reichten aus, um Nerven aus Stahl zu erschüttern. Sie reagierte wunderbar. Die Fotografie befindet sich in einer Nische hinter einem Klapppaneel, direkt über dem rechten Klingelzug. Augenblicklich stand sie davor, und ich konnte das Bild kurz sehen, als sie es halb herauszog. Bei meinem Ruf, es sei falscher Alarm, steckte sie es zurück, blickte kurz auf die Patrone und stürzte aus dem Zimmer; seither habe ich sie nicht gesehen. Ich stand auf, entschuldigte mich und verließ das Haus. Ich war unschlüssig, ob ich versuchen sollte, das Bild umgehend sicherzustellen; doch der Kutscher war hereingekommen, und da er mich nicht aus den Augen ließ, schien es besser, zu warten. Ein wenig Übereiltheit kann alles verderben.«

»Und jetzt?«, fragte ich.

»Unser Auftrag ist so gut wie erledigt. Morgen werde ich mit dem König dort vorsprechen, und mit Ihnen, falls Ihnen etwas daran liegt. Man wird uns ins Wohnzimmer führen, um auf die Lady zu warten, doch vermutlich wird sie dort weder uns noch die Fotografie finden, wenn sie kommt. Es dürfte Seiner Majestät eine Genugtuung sein, das Bild eigenhändig wiederzubeschaffen.«

»Und wann werden Sie dort vorsprechen?«

»Um acht Uhr morgens. Sie wird noch nicht auf sein, wir sollten also leichtes Spiel haben. Allerdings müssen wir pünktlich sein, denn diese Heirat könnte ihr Leben und ihre Gewohnheiten völlig verändern. Ich muss unverzüglich dem König drahten.«

Wir hatten die Baker Street erreicht und standen vor der Tür. Er suchte gerade in seinen Taschen nach dem Schlüssel, als jemand vorbeiging und sagte:

»Gute Nacht, Mister Sherlock Holmes.«

Es waren mehrere Leute auf dem Gehweg, doch der Gruß schien von einem schlanken Jüngling in einem Ulster zu kommen, der vorübergeeilt war.

»Die Stimme habe ich schon einmal gehört«, sagte Holmes und starrte die trüb erleuchtete Straße hinab. »Ich frage mich, wer zum Teufel das war.«

III

Ich schlief diese Nacht in der Baker Street, und wir saßen am nächsten Morgen gerade bei Toast und Kaffee, als der König von Böhmen ins Zimmer stürmte.

»Sie haben es wirklich!«, rief er, packte Sherlock Holmes bei den Schultern und sah ihm gespannt ins Gesicht.

»Noch nicht.«

»Aber Sie haben Hoffnung?«

»Ich habe Hoffnung.«

»Dann kommen Sie. Ich kann es kaum erwarten.«

»Wir brauchen eine Droschke.«

»Nein, mein Brougham wartet.«

»Nun, das vereinfacht die Sache.«

Wir gingen hinunter und machten uns abermals auf zur Briony Lodge.

»Irene Adler ist verheiratet«, bemerkte Holmes.

»Verheiratet! Seit wann?«

»Seit gestern.«

»Aber mit wem?«

»Mit einem englischen Anwalt namens Norton.«

»Aber sie kann ihn nicht lieben.«

»Ich hoffe doch sehr, dass sie das tut.«

»Und warum hoffen Sie das?«

»Weil das Eurer Majestät alle Furcht vor künftiger Behelligung ersparen würde. Wenn die Lady ihren Gatten liebt, dann liebt sie Eure Majestät nicht. Und wenn sie Eure Majestät nicht liebt, gibt es keinen Grund, weshalb sie Eurer Majestät Pläne durchkreuzen sollte.«

»Das ist wahr. Und dennoch …! Ach! Wären wir nur von gleichem Stand gewesen! Welch eine Königin hätte sie abgegeben!« Er fiel in ein bedrücktes Schweigen, das er nicht brach, bis wir in der Serpentine Avenue vorfuhren.

Die Tür der Briony Lodge war geöffnet, und eine ältere Frau stand auf den Stufen. Als wir aus dem Brougham stiegen, betrachtete sie uns mit hämischem Blick.

»Mr Sherlock Holmes, nehme ich an?«, sagte sie.

»Ich bin Mr Holmes«, antwortete mein Gefährte und starrte sie fragend und ziemlich entgeistert an.

»Wirklich! Meine Herrin sagte mir, Sie würden vermutlich vorbeikommen. Sie ist heute Morgen mit ihrem Gatten abgereist, mit dem Zug um 5 Uhr 15 ab Charing Cross Richtung Kontinent.«

»Was?« Sherlock Holmes taumelte zurück, bleich vor Verblüffung und Ärger. »Sie meinen, sie hat England verlassen?«

»Und kommt nie wieder zurück.«
»Und die Papiere?«, fragte der König heiser. »Es ist alles verloren.«
»Wir werden sehen.« Holmes schob sich an der Dienerin vorbei und hastete in den Salon, gefolgt vom König und mir. Die Möbel standen überall durcheinander, mit leeren Regalen und offenen Schubladen, als ob die Lady sie vor ihrer Flucht in aller Eile geplündert hätte. Holmes stürzte zum Klingelzug, riss eine kleine Klappe auf, steckte die Hand hinein und zog eine Fotografie und einen Umschlag hervor. Die Fotografie zeigte Irene Adler im Abendkleid, der Umschlag trug die Aufschrift »Herrn Sherlock Holmes. Zur persönlichen Abholung«. Mein Freund riss ihn auf, und wir lasen den Brief alle drei gemeinsam. Er war auf Mitternacht der vergangenen Nacht datiert und lautete wie folgt:

Mein lieber Mr Sherlock Holmes,
Sie waren wirklich sehr gut. Sie hatten mich schon hinters Licht geführt. Bis nach dem Feueralarm hegte ich keinen Verdacht. Dann aber, als ich merkte, dass ich mich verraten hatte, begann ich nachzudenken. Ich war bereits vor Monaten vor Ihnen gewarnt worden. Man hatte mir gesagt, falls der König einen Agenten beauftragt, dann mit Sicherheit Sie. Und man hatte mir Ihre Adresse gegeben. Trotz alledem brachten Sie mich dazu, Ihnen zu enthüllen, was Sie wissen wollten. Selbst als ich Verdacht geschöpft hatte, fiel es mir schwer, von einem so lieben, netten alten Priester Schlechtes zu denken. Doch wissen Sie, auch ich bin eine ausgebildete Schauspielerin. Ein Männerkostüm ist mir nicht fremd. Ich profitiere oft von der Freiheit, die es verleiht. Ich schickte John, den Kutscher, um auf Sie aufzupassen, lief nach oben, schlüpfte in meine Spazierkleider, wie ich sie nenne, und kam hinunter, als Sie eben fortgingen.
Dann folgte ich Ihnen bis vor Ihre Tür und versicherte mich, dass ich tatsächlich Gegenstand des Interesses des

gefeierten Mr Sherlock Holmes war. Dann, reichlich unüberlegt, wünschte ich Ihnen eine gute Nacht und begab mich zum Temple, um meinen Mann aufzusuchen.

Wir beide dachten, wenn man von einem so formidablen Gegner verfolgt wird, ist Flucht wohl das Beste; Sie werden das Nest also leer finden, wenn Sie morgen vorbeikommen. Was die Fotografie angeht, so kann Ihr Klient ruhig schlafen. Mich liebt ein Besserer als er, und ich liebe ihn. Der König mag tun, was er will, ohne gehindert zu werden von einer, die er grausam betrogen hat. Ich behalte sie nur zu meinem Schutz und um eine Waffe zu haben, die mich stets gegen alle Schritte absichert, die er künftig unternehmen könnte. Ich hinterlasse eine Fotografie, die er vielleicht gern haben möchte; und ich verbleibe, lieber Mr Sherlock Holmes, ganz die Ihre
IRENE NORTON, vormals ADLER

»Welch eine Frau – oh, welch eine Frau!«, rief der König von Böhmen, als wir drei den Brief gelesen hatten. »Sagte ich Ihnen nicht, wie wach und entschlossen sie ist? Hätte sie nicht eine prächtige Königin abgegeben? Ist es nicht ein Jammer, dass sie nicht von meinem Schlag war?«

»Nach allem, was ich von der Lady gesehen habe, scheint sie tatsächlich von einem ganz anderen Schlag zu sein als Eure Majestät«, sagte Holmes kalt. »Ich bedaure, dass ich es nicht geschafft habe, die Angelegenheit Eurer Majestät zu einem erfolgreicheren Ende zu bringen.«

»Im Gegenteil, mein lieber Herr«, rief der König. »Kein Ende könnte erfolgreicher sein. Ich weiß, dass sie ihr Wort niemals bricht. Das Bild ist nun ebenso sicher, als wäre es verbrannt.«

»Ich freue mich, das von Eurer Majestät zu hören.«

»Ich stehe tief in Ihrer Schuld. Bitte sagen Sie mir, wie ich es Ihnen vergelten kann. Dieser Ring ...« Er streifte sich einen gewundenen Smaragdring vom Finger und legte ihn auf seine ausgestreckte Handfläche.

»Eure Majestät haben etwas, das ich für noch wertvoller halte«, sagte Holmes.
»Sagen Sie es.«
»Diese Fotografie!«
Der König starrte ihn voller Verwunderung an.
»Irenes Fotografie!«, rief er. »Sicher, wenn Sie es so möchten.«
»Ich danke Ihnen, Eure Majestät. Dann gibt es in dieser Sache nichts mehr zu tun. Ich habe die Ehre, Ihnen einen recht guten Morgen zu wünschen.« Er verbeugte sich, und ohne die Hand zu beachten, die der König ihm hinstreckte, wandte er sich ab und machte sich in meiner Begleitung auf zu seiner Wohnung.

So also hatte ein großer Skandal das Königreich Böhmen zu erschüttern gedroht, und so war der beste Plan eines Mr Sherlock Holmes von der Klugheit einer Frau durchkreuzt worden. Er pflegte sich oft über weibliche Schläue zu amüsieren, doch in letzter Zeit höre ich nichts dergleichen von ihm. Und wenn er von Irene Adler spricht oder ihre Fotografie erwähnt, dann stets unter dem ehrenvollen Titel *die* Frau.

DAS GESPRENKELTE BAND

Überfliege ich meine Notizen zu den mehr als siebzig Fällen, bei denen ich während der letzten acht Jahre die Methoden meines Freundes Sherlock Holmes studiert habe, so finde ich viele tragische, ein paar komische, eine große Anzahl bloß seltsame, jedoch keinen gewöhnlichen darunter; da er nämlich eher aus Liebe zu seiner Kunst arbeitete, als um Reichtümer zu erwerben, lehnte er jede Art von Ermittlung ab, die nicht in den Bereich des Ungewöhnlichen oder sogar des Fantastischen fiel. Unter all diesen verschiedenen Fällen jedoch kann ich mich keines einzigen erinnern, der sonderbarere Züge getragen hätte als jener, der die wohlbekannte Familie der Royletts aus Stoke Moran in Surrey betraf. Die besagten Ereignisse fielen in die frühe Zeit meiner Freundschaft zu Holmes, als wir uns eine Junggesellenwohnung in der Baker Street teilten. Ich hätte sie auch schon früher schriftlich festgehalten können, hätte ich damals nicht mein Wort gegeben zu schweigen, und davon hat mich im vergangenen Monat erst der frühe Tod jener Lady entbunden, der das Versprechen galt. Vielleicht ist es gut, dass die Fakten nun ans Licht kommen, denn ich weiß zuverlässig, dass über Dr. Grimesby Royletts Tod Gerüchte im Umlauf sind, die die Sache noch schrecklicher machen als die Wahrheit selbst.

Anfang April des Jahres 1883 erwachte ich eines Morgens und sah Sherlock Holmes, fertig angekleidet, an meinem Bett stehen. In der Regel war er ein Langschläfer, und da die Uhr auf dem Kaminsims mir zeigte, dass es erst Viertel nach sieben war, blinzelte ich leicht überrascht zu ihm auf, vielleicht auch ein wenig ungehalten, denn ich selbst pflegte meinen Gewohnheiten treu zu bleiben.

»Tut mir leid, Sie zu wecken, Watson«, sagte er, »aber heute Morgen trifft es uns alle. Mrs Hudson wurde geweckt, die gab es weiter an mich und ich nun an Sie.«

»Was gibt's denn? Ein Feuer?«

»Nein, eine Klientin. Wie es scheint, ist eine junge Lady in sehr erregtem Zustand hier eingetroffen, die darauf besteht, mich zu sprechen. Sie wartet im Wohnzimmer. Nun, wenn eine junge Dame zu solch früher Stunde durch London streift und schläfrige Menschen aus ihren Betten wirft, dann nehme ich an, dass sie etwas überaus Dringendes mitzuteilen hat. Sollte es sich als interessanter Fall erweisen, würden Sie doch dem Ganzen, da bin ich sicher, von Anfang an folgen wollen. Jedenfalls dachte ich, ich sollte Sie wecken und Ihnen die Chance dazu geben.«

»Lieber Freund, das lasse ich mir auf gar keinen Fall entgehen.«

Es gab für mich kein größeres Vergnügen, als Holmes bei seinen beruflichen Ermittlungen zu folgen und jene raschen Schlüsse, unvermittelt wie Intuitionen und doch immer logisch begründet, zu bewundern, mit denen er die Rätsel löste, die man ihm vorlegte. Ich warf mir schnell meine Kleider über und war wenige Minuten später bereit, meinen Freund hinunter ins Wohnzimmer zu begleiten. Eine Lady, schwarz gekleidet und dicht verschleiert, die am Fenster gesessen hatte, erhob sich, als wir eintraten.

»Guten Morgen, Madam«, sagte Holmes fröhlich. »Mein Name ist Sherlock Holmes. Dies ist mein enger Freund und Mitarbeiter, Dr. Watson, vor dem Sie so offen sprechen können wie vor mir. Ah! Gut zu sehen, dass Mrs Hudson so vernünftig war, den Kamin anzumachen. Bitte setzen Sie sich doch davor, und ich lasse eine Tasse heißen Kaffee für Sie bringen, denn ich sehe, Sie zittern.«

»Es ist nicht die Kälte, die mich zittern lässt«, sagte die Frau mit leiser Stimme, während sie im angebotenen Sessel Platz nahm.

»Was dann?«

»Furcht, Mr Holmes. Panische Angst.« Bei diesen Worten hob sie ihren Schleier, und wir konnten sehen, dass sie sich tatsächlich in einem bedauernswerten Zustand der Erregung befand, ihr Gesicht farblos und angespannt, mit unruhigen, angstvollen Augen, ähnlich denen eines gehetzten Tiers. Ihre Züge und ihre Gestalt waren die einer dreißigjährigen Frau, doch ihr Haar war von vorzeitigem Grau durchsetzt, und sie wirkte erschöpft und abgezehrt. Sherlock Holmes musterte sie kurz mit einem seiner wachen, alles erfassenden Blicke.

»Sie brauchen keine Angst zu haben«, sagte er besänftigend, indem er sich vorbeugte und ihren Unterarm tätschelte. »Wir werden sicher bald alles in Ordnung bringen. Wie ich sehe, sind Sie heute früh mit dem Zug angekommen.«

»Kennen Sie mich denn?«

»Nein, aber ich sehe die zweite Hälfte einer Rückfahrkarte in der Innenfläche Ihres linken Handschuhs. Sie müssen früh aufgebrochen sein, denn es gab noch eine längere Fahrt in einem Dogcart, über schlechte Straßen, bevor Sie den Bahnhof erreichten.«

Die Lady zuckte heftig zusammen und starrte meinen Gefährten verblüfft an.

»Es ist kein Geheimnis, verehrte Dame«, sagte er lächelnd. »Der linke Ärmel Ihres Mantels ist an nicht weniger als sieben Stellen mit Lehm bespritzt. Die Flecken sind ganz frisch. Kein Gefährt außer einem Dogcart wirft in dieser Weise den Schlamm auf, und auch nur wenn man linkerhand neben dem Kutscher sitzt.«

»Wie immer Sie darauf gekommen sind, Sie haben vollkommen recht«, sagte sie. »Ich verließ vor sechs Uhr das Haus, war um zwanzig nach in Leatherhead und nahm den ersten Zug zur Waterloo Station. Sir, ich kann diese Anspannung nicht länger ertragen, ich werde davon noch wahnsinnig. Ich habe niemanden, an den ich mich wenden könnte – niemanden außer einem, aber dieser arme Kerl wird mir kaum helfen können. Ich habe von Ihnen gehört, Mr Holmes; von Mrs Farintosh, der Sie in der Stunde ihrer ärgsten Not beigestanden haben. Sie war es, die mir Ihre Adresse gab. Oh, Sir, meinen Sie nicht, Sie könnten auch mir helfen und zumindest ein bisschen Licht in die tiefe Finsternis bringen, die mich umhüllt? Ich bin gegenwärtig außerstande, Sie für Ihre Dienste zu entlohnen, aber in ein, zwei Monaten werde ich verheiratet sein und meine Einkünfte selbst verwalten, und spätestens dann werden Sie mich nicht undankbar finden.«

Holmes ging zu seinem Schreibtisch, schloss ihn auf, zog ein kleines Notizbuch hervor und blätterte darin.

»Farintosh«, sagte er. »Ah, ja, ich erinnere mich an den Fall; es ging um ein Opal-Diadem. Ich glaube, das war vor Ihrer Zeit, Watson. Ich kann nur sagen, Madam, es wird mir eine Freude sein, Ihrem Fall die gleiche Sorgfalt zu widmen wie dem Ihrer Freundin. Was den Lohn angeht, so ist mein Beruf Lohn genug; es steht Ihnen jedoch frei, mögliche Auslagen, die mir nötig scheinen, zu einem Ihnen genehmen Zeitpunkt zu erstatten. Und nun bitte ich Sie, uns alles darzulegen, was uns dabei helfen könnte, uns in dieser Sache ein Urteil zu bilden.«

»Ach!«, erwiderte unser Gast, »das eigentlich Schreckliche an meiner Lage ist, dass meine Ängste so vage sind und mein Argwohn so restlos von Kleinigkeiten abhängt, die einem andern vielleicht unwichtig scheinen, dass selbst er, bei dem vor allen anderen ich Hilfe und Rat suchen darf, alles, was ich erzähle, für die Hirngespinste einer nervösen Frau hält. Er sagt es nicht, aber ich kann es an seinen beschwichtigenden Worten und abgewandten Augen ablesen. Doch ich habe gehört, Mr Holmes, dass Sie tiefe Einsicht in die mannigfaltige Bosheit des menschlichen Herzens haben. Vielleicht können Sie mir raten, wie ich mich verhalten soll inmitten der Fährnisse, die mich umgeben.«

»Ich bin ganz Ohr, Madam.«

»Mein Name ist Helen Stoner, und ich wohne bei meinem Stiefvater, dem letzten Überlebenden einer der ältesten angelsächsischen Familien in England, der Roylotts aus Stoke Moran, an der Westgrenze von Surrey.«

Holmes nickte. »Der Name ist mir geläufig«, sagte er.

»Die Familie gehörte einmal zu den reichsten in England, und die Besitzungen erstreckten sich über die Grenzen bis nach Berkshire im Norden und Hampshire im Westen. Im letzten Jahrhundert jedoch neigten vier Erben in Folge zu Zügellosigkeit und Verschwendungssucht, und zur Zeit der Regency sorgte ein Spieler schließlich für den Ruin der Familie. Nichts blieb außer einigen Morgen Land und dem zweihundert Jahre alten Haus, auf dem jedoch eine schwere Hypothek lastet. Dort fristete der letzte Squire sein Dasein und führte das schreckliche Leben eines verarmten Adligen; aber sein einziger Sohn, mein Stiefvater, erkannte, dass er sich den neuen Umständen anpassen musste, ließ sich von einem Verwandten einen Kredit geben, finanzierte sich damit sein Medizinstudium und ging anschließend nach Kalkutta, wo er dank seines beruflichen Könnens und seiner Charakterstärke eine ansehnliche Praxis aufbaute. In einem Anfall von Wut jedoch, ausgelöst durch einige Diebstähle, die in seinem Haus verübt worden waren, prügelte er seinen indischen Butler zu Tode und entging nur knapp einem Todesurteil. Er verbüßte stattdessen eine lange Haftstrafe und kehrte danach als mürrischer, enttäuschter Mann nach England zurück.

Als Dr. Roylott in Indien war, heiratete er meine Mutter, Mrs Stoner, die junge Witwe des Generalmajors Stoner von der Bengalischen Artillerie. Meine Schwester Julia und ich waren Zwillinge, und wir waren erst zwei Jahre alt, als meine Mutter wieder heiratete. Sie verfügte über ein beträchtliches Vermögen, nicht weniger als tausend Pfund im Jahr, und überschrieb es zur Gänze Dr. Roylott, solange wir bei ihm wohnten, unter der Bedingung, dass uns beiden im Fall unserer Heirat jährlich eine gewisse Summe zustehe. Kurz nach unserer Rückkehr nach England starb meine Mutter – sie kam vor acht Jahren bei einem Eisenbahnunglück in der Nähe von Crewe ums Leben. Daraufhin gab Dr. Roylott seine Bemühungen auf, in London eine Praxis zu gründen, und zog mit uns in den alten Stammsitz nach Stoke Moran. Das Geld, das meine Mutter hinterlassen hatte, reichte aus, um unsere Bedürfnisse zu befriedigen, und nichts schien unserem Glück im Wege zu stehen.

Doch von da an veränderte sich unser Stiefvater auf schreckliche Weise. Statt sich mit unseren Nachbarn, die zunächst überglücklich gewesen waren, wieder einen Roylott aus Stoke Moran im alten Familiensitz zu sehen, anzufreunden, sie zu besuchen und einzuladen, schloss er sich in seinem Haus ein und verließ es nur selten, meist um sich in wilden Streitereien zu ergehen mit jedem, der seinen Weg kreuzte. Ein hitziges Temperament bis hin zur Raserei war bei den Männern der Familie schon immer erblich gewesen, und im Fall meines Stiefvaters war es, denke ich, durch seinen langen Aufenthalt in den Tropen noch verschlimmert worden. Es gab eine Reihe niederträchtiger Raufereien, von denen zwei vor dem Polizeigericht endeten, bis er schließlich zum Schrecken des Dorfes wurde und die Leute vor ihm Reißaus nahmen, denn er ist ein Mann von ungeheurer Kraft und vollkommen unkontrollierbar in seinem Zorn.

Letzte Woche hat er den ortsansässigen Schmied über ein Geländer in den Fluss geworfen, und nur weil ich ihm alles Geld gab, das ich auftreiben konnte, war es möglich, eine weitere öffentliche Bloßstellung zu vermeiden. Er hat überhaupt keine Freunde außer den Zigeunern, und er gestattet diesen Vagabunden, auf den wenigen Morgen brombeerüberwuchertem Land zu kampieren, die den Grundbesitz der Familie darstellen, was er sich mit der Gastlichkeit ihrer Zelte vergelten lässt, indem er manchmal wochenlang mit ihnen auf Wanderschaft geht. Außerdem hat er eine Vorliebe für indische Tiere, die ihm ein alter Geschäftsfreund schickt, und zurzeit besitzt er einen Geparden und einen Pavian, die auf dem Besitz frei herumlaufen und von den Dörflern fast ebenso sehr gefürchtet werden wie ihr Herr.

Sie werden sich also denken können, dass meine arme Schwester Julia und ich an unserem Leben keine große Freude hatten. Kein Dienstbote wollte bei uns bleiben, und lange Zeit erledigten wir alle Hausarbeit selbst. Sie war erst dreißig, als sie starb, und doch hatte ihr Haar schon begonnen, weiß zu werden, gerade so wie meines.«

»Ihre Schwester ist also tot?«

»Sie starb vor genau zwei Jahren, und es ist ihr Tod, über den ich mit Ihnen sprechen möchte. Sie verstehen sicher, dass die Lebensumstände, die ich Ihnen beschrieben habe, es uns kaum erlaubten, jemandem unseres Alters und unserer Stellung zu begegnen. Es gibt jedoch eine Tante, die unverheiratete Schwester meiner Mutter, Miss Honoria Westphail, die in der Nähe von Harrow lebt, und gelegentlich durften wir sie für kurze Zeit in ihrem Haus besuchen. Weihnachten vor zwei Jahren fuhr Julia dorthin und lernte einen Marinemajor auf Halbsold kennen, mit dem sie sich verlobte. Mein Stiefvater erfuhr von dieser Verlobung, als meine Schwester zurückkam, und erhob keinen Einwand gegen die Heirat; aber etwa zwei Wochen vor dem Tag, der für die Hochzeit angesetzt war, ereignete sich der schreckliche Vorfall, der mich meiner einzigen Gefährtin beraubt hat.«

Sherlock Holmes hatte zurückgelehnt in seinem Sessel gesessen, die Augen geschlossen, den Kopf in ein Kissen versunken, doch nun hob er die Lider ein wenig und warf seinem Gast einen Blick zu.

»Bitte, schildern Sie jede Einzelheit«, sagte er.

»Das ist leicht, denn alle Ereignisse dieser furchtbaren Zeit haben sich mir unwiderruflich ins Gedächtnis gebrannt. Das Herrenhaus ist, wie schon gesagt, sehr alt, und heute ist nur noch ein Flügel bewohnt. Die Schlafzimmer dieses Flügels liegen im Erdgeschoss, die Wohnräume im Haupttrakt des Gebäudes. Das erste dieser Schlafzimmer bewohnt Dr. Roylott, das zweite war das meiner Schwester, das dritte ist mein eigenes. Es gibt zwischen ihnen keine Verbindung, aber sie führen alle auf denselben Korridor. Mache ich mich verständlich?«

»Vollkommen.«

»Die Fenster der drei Zimmer öffnen sich auf eine Rasenfläche. In jener unheilvollen Nacht war Dr. Roylott früh in sein Zimmer gegangen, aber wir wussten, dass er sich nicht zur Ruhe gelegt hatte, denn meine Schwester wurde durch den Geruch der starken indischen Zigarren gestört, die er gewöhnlich rauchte. Sie verließ also ihr Zimmer und kam zu mir, saß dort eine Weile und plauderte über ihre bevorstehende Hochzeit. Um elf Uhr stand sie auf, um zu gehen, doch an der Tür hielt sie inne und wandte sich um.

›Helen‹, sagte sie, ›hast du jemals mitten in der Nacht jemanden pfeifen hören?‹

›Nie‹, sagte ich.

›Ich nehme an, du kannst es selbst auf keinen Fall gewesen sein, vielleicht im Schlaf?‹

›Bestimmt nicht. Warum denn?‹

›Weil ich in den letzten Nächten, immer gegen drei Uhr früh, ein leises, deutliches Pfeifen gehört habe. Ich habe einen leichten Schlaf, und es hat mich geweckt. Ich weiß nicht, woher es kam – vielleicht aus dem Nebenzimmer, vielleicht vom Rasen. Ich dachte, ich frage dich einfach, ob du es gehört hast.‹

›Nein, habe ich nicht. Es sind sicher diese scheußlichen Zigeuner auf dem Grundstück.‹

›Wahrscheinlich. Aber wenn es vom Rasen kommt, wundert es mich, dass du es nicht auch gehört hast.‹

›Ach, ich schlafe einfach fester als du.‹

›Na, wie auch immer, es hat keine große Bedeutung.‹ Sie lächelte mich an, schloss meine Tür, und kurz darauf hörte ich, wie sie ihre Tür verriegelte.«

»Tatsächlich«, sagte Holmes. »Haben Sie beide sich immer über Nacht eingeschlossen?«

»Immer.«

»Und warum?«

»Ich glaube schon erwähnt zu haben, dass der Doktor einen Geparden und einen Pavian hält. Wir fühlten uns nicht sicher mit unverschlossenen Türen.«

»Verstehe. Bitte fahren Sie fort mit Ihrem Bericht.«

»Ich konnte nicht schlafen in dieser Nacht. Eine undeutliche Ahnung drohenden Unheils bedrückte mich. Wie Sie sich erinnern, waren meine Schwester und ich Zwillinge, und Sie wissen ja, wie fein gewoben die Bande zwischen zwei so eng verwandten Seelen sind. Es war eine wilde Nacht. Draußen heulte der Wind, und der Regen spritzte und trommelte gegen die Fenster. Plötzlich, mitten im Tosen des Sturms, hörte ich den panischen Schrei einer verängstigten Frau. Ich erkannte die Stimme meiner

Schwester sofort. Ich sprang aus dem Bett, warf mir ein Tuch um die Schultern und stürzte hinaus auf den Flur. Als ich meine Tür öffnete, glaubte ich, ein leises Pfeifen zu hören, wie von meiner Schwester beschrieben, und kurz darauf ein Klirren, so als wäre ein Stück Metall zu Boden gefallen. Ich hastete noch durch den Gang, da wurde die Tür meiner Schwester entriegelt und bewegte sich langsam in den Angeln. Von Entsetzen gepackt starrte ich auf den Spalt, denn ich wusste ja nicht, was hervorkommen würde. Im Licht der Flurlampe sah ich meine Schwester in der Öffnung erscheinen, ihr Gesicht schreckensbleich, ihre Hände nach Hilfe tastend, ihr ganzer Körper schwankend wie der einer Betrunkenen. Ich lief zu ihr und schlang meine Arme um sie, aber in dem Moment gaben ihre Knie nach und sie fiel zu Boden. Sie wand sich wie unter furchtbaren Schmerzen, und ihre Glieder waren schrecklich verkrampft. Zuerst dachte ich, sie habe mich nicht erkannt, doch als ich mich über sie beugte, schrie sie plötzlich mit einer Stimme, die ich nie vergessen werde: ›O Gott! Helen! Es war das Band! Das gesprenkelte Band!‹ Da war noch etwas, das sie sagen wollte, sie stieß mit ihrem Finger in die Luft in Richtung des Zimmers des Doktors, doch ein weiterer Krampf packte sie und erstickte ihre Worte. Ich stürzte davon und rief laut nach meinem Stiefvater, und er eilte mir im Morgenmantel aus seinem Zimmer entgegen. Als er sich neben meine Schwester kniete, war sie bewusstlos, und obwohl er ihr Brandy in die Kehle schüttete und nach ärztlicher Hilfe aus dem Dorf schickte, war alles vergebens, denn sie sank langsam dahin und starb, ohne noch einmal zu sich zu kommen. Das war das schreckliche Ende meiner geliebten Schwester.«

»Einen Augenblick«, sagte Holmes. »Sind Sie sich mit diesem Pfeifen und dem metallischen Geräusch ganz sicher? Würden Sie das beschwören?«

»Das hat mich der ermittelnde Coroner der Grafschaft auch gefragt. Ich bin mir ziemlich sicher, es gehört zu haben, aber bei dem Getöse des Sturms und dem Knarren des alten Hauses habe ich mich vielleicht auch getäuscht.«

»War Ihre Schwester angekleidet?«

»Nein, sie trug ihr Nachthemd. In ihrer rechten Hand fand man den verkohlten Rest eines Streichholzes und in der linken eine Streichholzschachtel.«

»Ein Hinweis, dass sie Licht gemacht und sich umgeschaut hat, als sie Alarm schlug. Das ist wichtig. Und zu welchen Schlüssen kam der Coroner?«

»Er untersuchte den Fall sehr sorgfältig, denn Dr. Roylotts Verhalten war in der Grafschaft längst berüchtigt, aber er konnte die Todesursache nicht zweifelsfrei feststellen. Meine Aussage hat bezeugt, dass die Tür von innen verriegelt und die Fenster von altmodischen Läden mit breiten Eisenstangen versperrt waren, die jeden Abend fest verschlossen wurden. Die Wände wurden sorgfältig abgeklopft und erwiesen sich als rundum solide, und auch der Fußboden wurde genau überprüft, mit dem gleichen Ergebnis. Der Kamin ist zwar breit, aber mit vier großen Krampen vergittert. Es ist also erwiesen, dass meine Schwester allein war, als sie den Tod fand. Außerdem trug sie keinerlei Zeichen von Gewalteinwirkung.«

»Was ist mit Gift?«

»Die Ärzte haben sie darauf untersucht, jedoch ohne Erfolg.«

»Woran, glauben Sie, ist die unglückliche Lady dann gestorben?«

»Ich glaube, sie starb an blanker Angst und nervösem Schock, obwohl ich mir nicht vorstellen kann, was sie so sehr erschreckt haben soll.«

»Waren zu diesem Zeitpunkt Zigeuner auf dem Landgut?«

»Ja, es sind fast immer welche da.«

»Aha, und was halten Sie von dieser Anspielung auf ein Band – ein gesprenkeltes Band?«

»Manchmal denke ich, es war nur wirres Gerede im Delirium, und manchmal, dass es sich auf eine Bande von Leuten bezogen haben könnte, vielleicht auf eben jene Zigeuner auf dem Gut. Ich weiß nicht, ob die gefleckten Tücher, die viele von ihnen auf dem Kopf tragen, sie auf die Verwendung dieses seltsamen Adjektivs gebracht haben könnten.«

Holmes schüttelte den Kopf wie jemand, der noch lange nicht überzeugt ist.

»Das sind sehr tiefe Wasser«, sagte er. »Bitte erzählen Sie weiter.«

»Zwei Jahre sind seither vergangen, und bis vor Kurzem war mein Leben einsamer denn je. Vor einem Monat aber hat mir ein lieber Freund, den ich seit vielen Jahren kenne, die Ehre erwiesen, um meine Hand anzuhalten. Sein Name ist Armitage – Percy Armitage, zweiter Sohn von Mr Armitage aus Crane Water bei Reading. Mein Stiefvater hat keinen Einwand gegen die Verbindung erhoben, und im Lauf des Frühlings wollen wir heiraten. Vor zwei Tagen begannen einige Ausbesserungsarbeiten im Westflügel des Gebäudes, und die Wand meines Schlafzimmers wurde aufgestemmt, sodass ich in den Raum ziehen musste, in dem meine Schwester starb, und in eben dem Bett schlafen musste, in dem auch sie geschlafen hat. Nun, stellen Sie sich das Grauen vor, das mich befiel, als ich letzte Nacht wach lag und über ihr schreckliches Los nachdachte und plötzlich in der nächtlichen Stille jenes leise Pfeifen hörte, den Vorboten ihres Todes. Ich sprang auf und machte Licht, aber im Zimmer war nichts zu sehen. Ich war jedoch viel zu erschüttert, um wieder ins Bett zu gehen, und so zog ich mich an, schlich bei Tagesanbruch hinaus, fand beim Crown Inn gegenüber einen Dogcart und fuhr nach Leatherhead, von wo aus ich heute früh hierhergekommen bin, mit dem einzigen Ziel, Sie zu treffen und persönlich um Rat zu bitten.«

»Das war klug von Ihnen«, sagte mein Freund. »Aber haben Sie mir wirklich alles erzählt?«

»Ja, alles.«

»Miss Roylott, das haben Sie nicht. Sie decken Ihren Stiefvater.«

»Wieso, was meinen Sie?«

Als Antwort schob Holmes die Manschette aus schwarzer Spitze zurück, die jene Hand umsäumte, die unser Gast auf ihr Knie gelegt hatte. Fünf kleine bläuliche Male, die Abdrücke von vier Fingern und einem Daumen, zeichneten sich auf dem weißen Handgelenk ab.

»Man hat Sie misshandelt«, sagte Holmes.

Die Lady errötete heftig und bedeckte ihr verletztes Gelenk. »Er ist ein kräftiger Mann«, sagte sie, »und vielleicht weiß er selbst kaum um seine Kraft.«

Ein langes Schweigen folgte, und Holmes hielt sein Kinn auf die Hände gestützt und starrte ins prasselnde Feuer.

»Das ist eine ziemlich vertrackte Sache«, sagte er schließlich. »Es gibt tausend Einzelheiten, die ich gern kennen würde, bevor ich über unser Vorgehen entscheide. Doch wir haben keine Zeit zu verlieren. Wenn wir noch heute nach Stoke Moran kämen, wäre es dann möglich, ohne Wissen Ihres Stiefvaters diese Zimmer zu inspizieren?«

»Zufällig sprach er davon, heute wegen einiger überaus wichtiger Geschäfte in die Stadt fahren zu wollen. Vermutlich wird er den ganzen Tag fortbleiben, sodass nichts Sie stören würde. Wir haben jetzt eine Haushälterin, aber sie ist alt und dumm, und ich könnte sie leicht mit irgendetwas ablenken.«

»Ausgezeichnet. Sie sind diesem Ausflug nicht abgeneigt, Watson?«

»Ganz und gar nicht.«

»Dann werden wir beide kommen. Und Sie, was haben Sie vor?«

»Es gibt ein oder zwei Dinge, die ich gern erledigen würde, da ich schon in der Stadt bin. Ich werde aber mit dem Zwölf-Uhr-Zug zurückfahren, um dort zu sein, wenn Sie eintreffen.«

»Sie können uns am frühen Nachmittag erwarten. Auch ich habe noch ein paar kleine geschäftliche Dinge zu regeln. Möchten Sie nicht zum Frühstück bleiben?«

»Nein, ich muss gehen. Mein Herz ist jetzt leichter, nachdem ich Ihnen meinen Kummer anvertraut habe. Ich freue mich darauf, Sie heute Nachmittag wiederzusehen.« Sie ließ den dichten schwarzen Schleier vor ihr Gesicht fallen und schwebte aus dem Raum.

»Was halten Sie von dem Ganzen, Watson?«, fragte Sherlock Holmes und lehnte sich in seinem Sessel zurück.

»Das scheint mir eine ziemlich dunkle und sinistre Sache zu sein.«

»Reichlich dunkel und reichlich sinister.«

»Und falls die Lady recht hat damit, dass Wände und Boden solide und dass Tür, Fenster und Kamin unüberwindlich sind, dann muss ihre Schwester ohne jeden Zweifel allein gewesen sein, als sie ihr mysteriöses Ende fand.«

»Und was ist mit diesen nächtlichen Pfiffen und mit den überaus merkwürdigen Worten der sterbenden Frau?«

»Da bin ich ratlos.«

»Wenn man sämtliche Punkte verbindet, das nächtliche Pfeifen, die Anwesenheit einer Zigeunerbande, die mit dem alten Doktor auf vertrautem Fuß steht, den Umstand, dass wir allen Anlass haben zu glauben, der Doktor sei daran interessiert, die Heirat seiner Stieftochter zu verhindern, die Anspielung der Sterbenden auf ein Band und schließlich die Tatsache, dass Miss Helen Stoner ein metallisches Klirren hörte, vielleicht verursacht von einer dieser Stangen zur Sicherung der Läden, die zurück in ihre Halterung fiel, so haben wir, glaube ich, guten Grund anzunehmen, dass des Rätsels Lösung innerhalb dieses Rahmens liegt.«

»Aber welche Rolle spielten dabei die Zigeuner?«

»Ich habe keine Ahnung.«

»Ich sehe viele Einwände gegen eine solche Theorie.«

»Ich ebenso. Genau deshalb fahren wir heute nach Stoke Moran. Ich möchte herausfinden, ob diese Einwände stichhaltig sind oder sich zerstreuen lassen. Aber was in drei Teufels Namen ...!«

Der Ausruf entfuhr meinem Gefährten, weil plötzlich unsere Tür aufgestoßen worden war und ein riesiger Mann sich im Rahmen aufgebaut hatte. Seine Kleidung war eine sonderbare Mischung aus Akademischem und Bäuerlichem, denn er trug einen schwarzen Zylinder, einen langen Gehrock und ein Paar hohe Gamaschen, während in seiner Hand eine Jagdpeitsche schwang. Er war so groß, dass sein Hut den oberen Türbalken streifte, und seine Schultern schienen so breit wie die Öffnung. Ein massiges Gesicht, von tausend Runzeln zerfurcht, von der Sonne vergilbt und von allen üblen Leidenschaften gezeichnet, blickte zwischen uns hin und her, wobei seine tief liegenden galligen Augen und die hohe, dünne, fleischlose Nase ihm eine gewisse Ähnlichkeit mit einem grimmigen alten Raubvogel verliehen.

»Wer von Ihnen ist Holmes?«, fragte diese Erscheinung.

»Das bin ich, Sir; aber ich weiß nicht, wer Sie sind«, sagte mein Gefährte ruhig.

»Ich bin Dr. Grimesby Roylott von Stoke Moran.«

»Natürlich, Doktor«, sagte Holmes verbindlich. »Bitte nehmen Sie Platz.«

»Ich werde nichts dergleichen tun. Meine Stieftochter ist hier gewesen. Ich bin ihr gefolgt. Was hat sie Ihnen erzählt?«

»Es ist etwas kalt für die Jahreszeit«, sagte Holmes.

»Was hat sie Ihnen erzählt?«, brüllte der alte Mann aufgebracht.

»Doch ich hörte, dass die Krokusse gute Fortschritte machen«, fuhr mein Gefährte ungerührt fort.

»Ha! Sie lassen mich auflaufen, was?«, sagte unser neuer Besucher, wobei er einen Schritt vortrat und seine Jagdpeitsche schüttelte. »Ich kenne dich, du Halunke! Ich habe von dir gehört. Du bist Holmes, der Schnüffler.«

Mein Freund lächelte.

»Holmes, der Besserwisser!«

Sein Lächeln wurde breiter.

»Holmes, der Wichtigtuer von Scotland Yard!«

Holmes kicherte herzhaft. »Ihr Umgangston ist höchst unterhaltsam«, sagte er. »Schließen Sie bitte die Tür, wenn Sie gehen, denn es zieht hier recht heftig.«

»Ich gehe, wenn alles gesagt ist. Wag ja nicht, mir in die Quere zu kommen. Ich weiß, dass Miss Stoner hier war – ich bin ihr gefolgt! Es ist gefährlich, sich mit mir anzulegen! Sieh her.« Er tat einen schnellen Schritt nach vorn, ergriff den Schürhaken und verbog ihn mit seinen riesigen braunen Pranken.

»Sieh zu, dass du mir nicht in die Hände fällst«, knurrte er, schleuderte den verbogenen Schürhaken in den Kamin und marschierte aus dem Raum.

»Er scheint eine recht liebenswerte Person zu sein«, sagte Holmes lachend. »Ich bin zwar nicht ganz so massig gebaut, aber wenn er geblieben wäre, hätte ich ihm vielleicht gezeigt, dass mein Griff nicht viel schwächer ist als seiner.« Dabei hob er den stählernen Schürhaken auf und bog ihn in einem jähen Kraftakt wieder gerade.

»Er hat doch tatsächlich die Frechheit besessen, mich mit Ermittlungsbeamten zu verwechseln! Allerdings verleiht diese Episode unserem Fall etwas Würze, und ich hoffe nur, dass unsere kleine Freundin nicht leiden muss wegen ihres Leichtsinns, zuzulassen, dass dieses Scheusal ihr folgt. Und nun, Watson, werden wir frühstücken, und danach begebe ich mich zum Zivilgericht, wo ich einige Auskünfte zu erhalten hoffe, die uns in dieser Sache nützlich sein könnten.«

Es war fast ein Uhr, als Sherlock Holmes von seinem Ausflug zurückkam. In der Hand hielt er ein blaues Blatt Papier, vollgekritzelt mit Zahlen und Notizen.

»Ich habe mir das Testament seiner verstorbenen Gattin angesehen«, sagte er. »Für eine exakte Einschätzung musste ich den heutigen Wert der Einlagen berechnen, auf die es sich bezieht. Die Gesamteinkünfte, die zur Zeit des Todes der Ehefrau bei knapp 1100 Pfund lagen, belaufen sich heute, wegen des Preisverfalls in der Landwirtschaft, auf nicht mehr als 750 Pfund. Im Fall einer Heirat kann jede der Töchter ein Einkommen von 250 Pfund beanspruchen. Offenbar wäre unserem Prachtstück von Doktor, hätten beide Mädchen geheiratet, bloß noch ein Almosen geblieben, und selbst bei nur einer Heirat würden ihm tüchtig die Flügel gestutzt. Die vormittägliche Mühe hat sich gelohnt, denn dank ihr wissen wir nun, dass er die stärksten Motive hat, sich dergleichen in den Weg zu stellen. Nun denn, Watson, die Sache ist zu ernst, um Zeit zu vergeuden, vor allem da der alte Mann weiß, dass wir uns für seine Angelegenheiten interessieren; wenn Sie also bereit sind, rufen wir einen Wagen und fahren zur Waterloo Station. Ich wäre Ihnen sehr verbunden, wenn Sie Ihren Revolver einstecken wollten. Eine Eley's No. 2 ist ein vortreffliches Argument bei Gentlemen, die stählerne Schürhaken zu Knoten biegen können. Dies und eine Zahnbürste ist, glaube ich, alles, was wir brauchen.«

An der Waterloo Station hatten wir das Glück, direkt einen Zug nach Leatherhead zu erwischen, wo wir am Bahnhofslokal einen Einspänner mieteten und von dort aus vier oder fünf Meilen über reizende Feldwege durch Surrey fuhren. Es war ein herrlicher Tag mit strahlendem Sonnenschein und ein paar zarten Wolken am Himmel. Die Bäume und die Hecken am Wegrand ließen gerade ihre ersten grünen Triebe sprießen, und die Luft war erfüllt vom wohligen Duft feuchter Erde. Zumindest für mich bestand ein seltsamer Gegensatz zwischen der süßen Aussicht auf den Frühling und der unheimlichen Mission, auf der wir uns befanden. Mein Gefährte saß vorn auf dem Wagen, die Arme verschränkt, den Hut über die Augen gezogen, das Kinn auf die Brust gesenkt, und war tief in Gedanken vergraben. Plötzlich jedoch fuhr er auf, tippte mir auf die Schulter und zeigte über die Wiesen.

»Dort drüben!«, sagte er.

Ein baumbestandener Park streckte sich einen sanften Hang hinauf und verdichtete sich am höchsten Punkt zu einem Hain. Zwischen den Ästen ragten die finsteren Giebel und der hohe Firstbalken eines uralten Herrenhauses hervor.

»Stoke Moran?«, fragte er.

»Jawoll, Sir, das is' das Haus von Dr. Grimesby Roylott«, antwortete der Kutscher.

»Irgendwo da wird gebaut«, sagte Holmes. »Dort möchten wir hin.«

»Da drüben is' das Dorf«, sagte der Kutscher, wobei er auf eine Gruppe von Dächern links in der Ferne zeigte; »aber wenn Sie zum Haus wollen, dann wär's für Sie kürzer hier übern Zaun und dann auf dem Weg da übers Feld. Da vorn, wo die Lady langgeht.«

»Und die Lady, nehme ich an, ist Miss Stoner«, entgegnete Holmes und beschattete seine Augen. »Ja, ich denke, wir machen es am besten so, wie Sie vorschlagen.«

Wir stiegen aus und zahlten, und der Einspänner ratterte zurück Richtung Leatherhead.

»Ich hielt es für gut«, sagte Holmes, als wir über den Zaun stiegen, »den Burschen glauben zu lassen, wir seien als Architekten hier oder wegen irgendeines Geschäfts. Um seiner Geschwätzigkeit vorzubeugen. Guten Tag, Miss Stoner. Sie sehen, wir haben Wort gehalten.«

Unsere Klientin vom Morgen war uns entgegengeeilt, und ihr Gesicht strahlte vor Freude. »Ich habe ganz ungeduldig auf Sie gewartet«, rief sie und schüttelte uns herzlich die Hände. »Alles hat sich prächtig gefügt. Dr. Roylott ist in der Stadt, und es ist unwahrscheinlich, dass er vor dem Abend zurückkehrt.«

»Es war uns vergönnt, die Bekanntschaft des Doktors zu machen«, sagte Holmes und fasste mit wenigen Worten zusammen, was sich ereignet hatte. Miss Stoner wurde bleich und bleicher, während sie zuhörte.

»Um Himmels willen«, rief sie, »dann ist er mir ja gefolgt!«

»Es scheint so.«

»Er ist so gerissen, dass ich nie weiß, wann ich vor ihm sicher bin. Was wird er wohl sagen, wenn er zurückkommt?«

»Er muss auf der Hut sein, denn vielleicht ist ihm jemand auf der Spur, der gerissener ist als er. Sie sollten sich heute Nacht vor ihm einschließen. Falls er Gewalt anwendet, werden wir Sie fortbringen zu Ihrer Tante nach Harrow. Und jetzt sollten wir unsere Zeit bestmöglich nutzen, also führen Sie uns bitte gleich in die Räume, die es zu untersuchen gilt.«

Der Bau bestand aus grauem, flechtenbewachsenem Stein, mit einem hohen Haupttrakt und zwei geschwungenen Seitenflügeln, gebogen wie die Scheren eines Krebses. In einem der Flügel waren die Fenster zerbrochen und mit Holzbrettern verbarrikadiert, das Dach war teilweise eingesunken, ein Bild des Verfalls. Der Haupttrakt war in kaum besserem Zustand, doch der rechte Teil war vergleichsweise modern, und die Gardinen in den Fenstern und der blau aus den Schornsteinen kräuselnde Rauch zeigten, dass hier die Familie wohnte. An der Stirnwand hatte man Gerüste errichtet und das Mauerwerk aufgebrochen, aber zum Zeitpunkt unseres Besuchs waren keine Arbeiter zu sehen. Holmes schritt bedächtig über den ungepflegten Rasen und untersuchte mit größter Sorgfalt die Außenseiten der Fenster.

»Ich nehme an, dieses hier gehört zu dem Zimmer, in dem Sie bis jetzt schliefen, das mittlere zu dem Ihrer Schwester und dasjenige nahe beim Haupttrakt zu Dr. Roylotts Raum?«

»So ist es. Ich schlafe jetzt aber im mittleren Zimmer.«

»Für die Dauer des Umbaus, wie ich weiß. Übrigens sind für Reparaturen an dieser Stirnwand keine besonders dringenden Gründe erkennbar.«

»Es gab keine. Ich glaube, es war nur ein Vorwand, damit ich das Zimmer wechsle.«

»Ah! Sehr aufschlussreich. Nun, auf der anderen Seite dieses schmalen Flügels verläuft der Korridor, von dem aus man diese drei Räume betritt. Dort gibt es doch sicher Fenster?«

»Ja, allerdings sehr kleine. Zu eng, als dass jemand hindurchsteigen könnte.«

»Da Sie beide nachts Ihre Türen abschlossen, waren Ihre Zimmer von dieser Seite aus unzugänglich. Wären Sie jetzt bitte so freundlich, in Ihr Zimmer zu gehen und die Läden zu verriegeln?«

Das tat Miss Stoner, und nach einer gründlichen Untersuchung durch das offene Fenster mühte sich Holmes auf jede erdenkliche Weise, die Läden zu öffnen, allerdings ohne Erfolg. Es gab keinen Spalt, durch den man ein Messer hätte schieben können, um die Stange anzuheben. Daraufhin prüfte er mithilfe seiner Lupe die Angeln, doch sie waren aus massivem Eisen und im soliden Mauerwerk fest verankert. »Hm!«, machte er und kratzte sich ziemlich verblüfft das Kinn, »meine Theorie offenbart einige Ungereimtheiten. Falls diese Läden verriegelt waren, gab es hier kein Durchkommen. Na, wir werden sehen, ob das Innere etwas Licht in die Sache bringt.«

Eine enge Seitentür führte in den weißgetünchten Korridor, an dem die drei Schlafzimmer lagen. Holmes lehnte es ab, den dritten Raum zu untersuchen, daher gingen wir gleich in den zweiten, in dem Miss Stoner nun schlief und in dem ihre Schwester den Tod gefunden hatte. Es war ein kleines gemütliches Zimmer mit niedriger Decke und einem riesigen Kamin nach Art der alten Landhäuser. In einer Ecke stand eine braune Kommode, in einer anderen ein schmales Bett mit weißer Tagesdecke darüber und links beim Fenster ein Frisiertisch. Neben zwei kleinen Korbstühlen stellten diese Gegenstände das gesamte Mobiliar des Raums dar, abgesehen von einem quadratischen Plüschteppich in der Mitte. Leisten und Wandtäfelung bestanden aus braunem, wurmstichigem Eichenholz, so alt und ausgebleicht, dass es wohl noch aus der Zeit der Erbauung stammte. Holmes zog einen der Stühle in eine Ecke und saß dort schweigend, während seine Augen auf und ab und hin und her wanderten und jedes Detail des Zimmers erfassten.

»Wo endet dieser Klingelzug?«, fragte er schließlich und deutete auf ein dickes Seil, das neben dem Bett herabhing und dessen Quaste auf dem Kopfkissen lag.

»Er führt ins Zimmer der Haushälterin.«

»Er sieht neuer aus als die anderen Dinge hier?«

»Ja, er ist erst vor ein paar Jahren angebracht worden.«

»Ihre Schwester hat darum gebeten, nehme ich an?«

»Nein, ich weiß nicht einmal, ob sie ihn je benutzt hat. Was wir brauchten, holten wir uns immer selbst.«

»Es war tatsächlich nicht nötig, dort einen so hübschen Klingelzug anzubringen. Sie entschuldigen mich kurz, während ich mir wegen des Bodens Gewissheit verschaffe.« Er warf sich auf alle viere und kroch mit der Lupe in der Hand rasch vor und zurück, wobei er die Ritzen zwischen den Dielen eingehend untersuchte. Dasselbe tat er danach mit den Holzpaneelen der Täfelung. Dann ging er hinüber zum Bett und verbrachte einige Zeit damit, es anzustarren und die Wand hinauf- und hinunterzublicken. Schließlich packte er den Klingelzug und zog einmal kräftig daran.

»Ach was, eine Attrappe«, sagte er.

»Da läutet gar nichts?«

»Nein, er ist nicht einmal mit einem Draht verbunden. Hochinteressant. Hier können Sie sehen, dass er an einem Haken befestigt ist, gleich über der kleinen Öffnung für den Lüfter.«

»Wie absurd! Das ist mir nie zuvor aufgefallen.«

»Sehr seltsam!«, murmelte Holmes und zog am Seil. »Es gibt ein oder zwei sehr eigenartige Dinge in diesem Raum. Wie dumm muss zum Beispiel ein Handwerker sein, der eine Lüftung in einen Nebenraum führt, wo er sie doch bei gleichem Aufwand mit der Außenluft hätte verbinden können!«

»Sie ist ebenfalls recht neu«, sagte die Lady.

»Etwa zur selben Zeit angebracht wie das Klingelseil?«, fragte Holmes.

»Ja, damals wurden mehrere kleinere Änderungen vorgenommen.«

»Sie scheinen höchst bemerkenswerter Art zu sein – falsche Klingelzüge und Lüfter, die nicht belüften. Mit Ihrer Erlaubnis, Miss Stoner, werden wir unsere Nachforschungen jetzt im nächsten Raum fortsetzen.«

Dr. Grimesby Roylotts Zimmer war größer als das seiner Stieftochter, doch ebenso schmucklos möbliert. Ein Feldbett, ein kleines Holzregal voll mit Büchern zumeist technischer Natur, ein Sessel neben dem Bett, ein schlichter Holzstuhl an der Wand, ein runder Tisch sowie ein großer eiserner Tresor waren die Dinge, die auf den ersten Blick ins Auge fielen. Holmes wanderte langsam umher und untersuchte jeden einzelnen Gegenstand mit lebhaftestem Interesse.

»Was ist hier drin?«, fragte er und klopfte auf den Tresor.
»Die Geschäftspapiere meines Stiefvaters.«
»Oh! Sie haben also hineingeschaut?«
»Nur ein Mal, vor einigen Jahren. Ich erinnere mich, dass er voller Papiere war.«
»Es ist nicht zum Beispiel eine Katze darin?«
»Nein. Was für eine seltsame Idee!«
»Na, schauen Sie her!« Er hielt eine kleine Untertasse mit Milch hoch, die auf dem Schrank gestanden hatte.
»Nein, wir haben keine Katze. Dafür einen Geparden und einen Pavian.«
»Ah, ja, natürlich! Tja, ein Gepard ist zwar nur eine große Katze, doch ich vermute, eine Untertasse voll Milch wird ihn allenfalls kurzfristig zufriedenstellen. Es gibt da einen Punkt, den ich gern klären würde.« Er hockte sich vor den Holzstuhl und besah sich die Sitzfläche mit größter Aufmerksamkeit.
»Danke. Das wäre geklärt«, sagte er, als er sich erhob und die Lupe in seine Tasche steckte. »Nanu! Was haben wir denn hier?«
Der Gegenstand, der seinen Blick anzogen hatte, war eine kurze Hundepeitsche, die an einer Ecke des Bettes hing. Man hatte sie allerdings in sich verschlungen und so verknotet, dass die Schnur eine Schlaufe bildete.
»Was halten Sie davon, Watson?«
»Eine gewöhnliche Peitsche. Aber wozu sie die Knoten hat, weiß ich nicht.«
»Das ist nicht ganz so gewöhnlich, nicht wahr? Ach je, die Welt ist schlecht, und wenn ein kluger Kopf seinen Verstand dem Verbrechen widmet, ist es das Schlimmste überhaupt. Ich glaube, ich habe genug gesehen, Miss Stoner, und mit Ihrer Erlaubnis wollen wir nun auf den Rasen gehen.«
Ich hatte das Gesicht meines Freundes nie so grimmig und seine Stirn nie so umdüstert gesehen wie jetzt, da wir den Schauplatz dieser Ermittlung verließen. Wir hatten den Rasen mehrmals abgeschritten, wobei weder Miss Stoner noch ich ihn aus sei-

nen Gedanken reißen wollten, solange er nicht selbst aus seinen Tagträumen auftauchte.

»Es ist unbedingt erforderlich, Miss Stoner«, sagte er, »dass Sie sich in jeder Hinsicht völlig an meine Anweisung halten.«

»Das werde ich ganz sicher tun.«

»Die Sache ist viel zu ernst für Unschlüssigkeiten. Ihr Leben kann davon abhängen, dass Sie tun, was ich sage.«

»Ich versichere Ihnen, mein Wohl liegt in Ihren Händen.«

»Zuallererst müssen mein Freund und ich die Nacht in Ihrem Zimmer verbringen.«

Miss Stoner und ich starrten ihn überrascht an.

»Ja, es muss sein. Lassen Sie es mich erklären. Ich nehme an, das dort drüben ist das Dorfgasthaus?«

»Ja, das Crown Inn.«

»Sehr gut. Man kann Ihre Fenster von dort aus sehen?«

»Gewiss.«

»Wenn Ihr Stiefvater zurückkommt, schützen Sie Kopfschmerzen vor und schließen sich in Ihrem Zimmer ein. Wenn Sie dann hören, dass er sich für die Nacht zurückzieht, öffnen Sie die Läden Ihres Fensters, lösen den Haken, stellen als Signal für uns Ihre Lampe hinein und begeben sich danach mit allem, was Sie benötigen könnten, leise in Ihr altes Zimmer. Ich zweifle nicht daran, dass Sie es trotz der Arbeiten eine Nacht lang dort aushalten können.«

»O ja, leicht.«

»Den Rest überlassen Sie uns.«

»Aber was werden Sie tun?«

»Wir werden die Nacht in Ihrem Zimmer verbringen und die Herkunft dieses Geräuschs erforschen, das Sie beunruhigt hat.«

»Ich glaube, Mr Holmes, Sie sind bereits zu einem Schluss gekommen«, sagte Miss Stoner, indem sie ihre Hand auf den Arm meines Gefährten legte.

»Vielleicht bin ich das.«

»Dann sagen Sie mir um Himmels willen, was der Grund für den Tod meiner Schwester war.«

»Ich zöge es vor, eindeutigere Beweise zu haben, bevor ich mich dazu äußere.«

»Sagen Sie mir wenigstens, ob meine eigene Vermutung richtig ist und sie an einem plötzlichen Schrecken starb.«

»Nein, das glaube ich nicht. Ich denke, ein greifbarerer Grund ist wahrscheinlich. Und nun, Miss Stoner, müssen wir Sie verlassen, denn wenn Dr. Roylott zurückkommt und uns sieht, wäre unser Kommen vergebens gewesen. Auf bald, und seien Sie tapfer, denn wenn Sie tun, was ich Ihnen gesagt habe, dürfen Sie sicher sein, dass wir die Gefahren, die Sie bedrohen, in Kürze verjagen werden.«

Sherlock Holmes und ich hatten keine Schwierigkeiten, im Crown Inn ein Schlaf- und ein Wohnzimmer zu bekommen. Sie lagen im Obergeschoss, und vom Fenster aus hatten wir freie Sicht auf das Zufahrtstor und den bewohnten Flügel des Herrenhauses von Stoke Moran. Als es dämmerte, sahen wir Dr. Grimesby Roylott vorbeifahren, seine riesige Gestalt turmhoch neben der kleinen Figur des Burschen, der ihn kutschierte. Der Junge hatte ein wenig Mühe, die schweren Eisentore zu öffnen, und wir hörten das heisere Gebrüll des Doktors und sahen, wie zornig er ihm mit geballten Fäusten drohte. Der Wagen fuhr weiter, und kurze Zeit später sahen wir es zwischen den Bäumen plötzlich hell werden, als man in einem der Wohnzimmer Licht machte.

»Wissen Sie, Watson«, sagte Holmes, während wir zusammen in der sinkenden Dämmerung saßen, »ich habe wirklich Skrupel, Sie heute Abend mitzunehmen. Es gibt da ein erhebliches Maß an Gefahr.«

»Kann ich eine Hilfe sein?«

»Ihre Anwesenheit könnte von unschätzbarem Wert sein.«

»Dann bin ich selbstverständlich dabei.«

»Sehr freundlich von Ihnen.«

»Sie sprechen von Gefahr. Sie haben in diesen Räumen offenbar mehr gesehen, als mir ersichtlich war.«

»Nein, aber vielleicht habe ich etwas mehr daraus gefolgert. Ich glaube, Sie haben ebenso viel gesehen wie ich.«

»Ich habe nichts Bemerkenswertes entdeckt außer dem Klingelzug, und mir ist vollkommen schleierhaft, welchem Zweck er dienen könnte.«

»Haben Sie auch den Lüfter gesehen?«

»Ja, aber ich halte es nicht für besonders ungewöhnlich, einen kleinen Durchlass zwischen zwei Räumen zu haben. Er ist so eng, dass kaum eine Ratte hindurchpasst.«

»Ich wusste, wir würden einen Lüfter finden, ehe wir überhaupt nach Stoke Moran kamen.«

»Mein lieber Holmes!«

»Oh, aber ja. Sie erinnern sich, dass sie in ihrem Bericht sagte, ihre Schwester habe Dr. Roylotts Zigarre riechen können. Nun, das legte natürlich gleich nahe, dass es zwischen den beiden Räumen eine Verbindung geben muss. Eine kleine nur, sonst wäre sie bei der Untersuchung durch den Coroner erwähnt worden. Ich schloss auf einen Lüfter.«

»Aber welchen Schaden könnte der anrichten?«

»Nun, zumindest ist es ein seltsamer Zufall. Ein Lüfter wird angebracht, ein Seil wird aufgehängt, und eine Lady, die in dem Bett schläft, stirbt. Gibt Ihnen das nicht zu denken?«

»Ich kann bislang keinen Zusammenhang erkennen.«

»Haben Sie irgendetwas Eigenartiges an diesem Bett bemerkt?«

»Nein.«

»Es ist mit dem Boden verklammert. Haben Sie jemals ein Bett derart befestigt gesehen?«

»Das kann ich nicht behaupten.«

»Die Lady konnte ihr Bett nicht verschieben. Es musste stets an derselben Stelle stehen, entsprechend der Position von Lüfter und Seil – wie wir es wohl nennen können, da es ja offenbar nie als Klingelzug gedacht war.«

»Holmes«, rief ich, »ich scheine undeutlich zu ahnen, worauf Sie hinauswollen. Wir kommen gerade noch rechtzeitig, um ein raffiniertes und schreckliches Verbrechen zu verhindern.«

»Raffiniert und schrecklich, fürwahr. Ein Arzt auf der schiefen Bahn ist der Fähigste aller Verbrecher. Er hat die Nerven, und er hat das Wissen. Palmer und Pritchard gehörten zu den führenden Köpfen ihres Fachs. Unser Mann ist um Längen gerissener, doch ich denke, dass wir sogar noch gerissener sein werden, Watson. Aber diese Nacht wird noch grauenvoll genug; lassen Sie uns um Himmels willen eine gemütliche Pfeife rauchen und unsere Gedanken für ein paar Stunden etwas Fröhlicherem zuwenden.«

Gegen neun Uhr wurde das Licht zwischen den Bäumen gelöscht, und rund um das Herrenhaus war alles dunkel. Zwei weitere Stunden schlichen dahin, dann plötzlich, Schlag elf, leuchtete ein einzelnes helles Licht genau vor uns auf.

»Das ist unser Signal«, sagte Holmes und sprang auf. »Es kommt aus dem mittleren Fenster.«

Im Hinausgehen wechselte er einige Worte mit dem Wirt, dem er erklärte, wir machten einen späten Besuch bei einem Bekannten und würden möglicherweise die Nacht dort verbringen. Einen Augenblick später befanden wir uns auf der düsteren Straße, eisiger Wind blies uns ins Gesicht, und ein gelbliches Licht funkelte vor uns durch die Finsternis, um uns auf unserer dunklen Mission zu leiten.

Es bereitete wenig Mühe, auf das Grundstück vorzudringen, denn in der alten Parkmauer klafften verfallene Breschen. Wir liefen zwischen den Bäumen hindurch, erreichten den Rasen, überquerten ihn und wollten gerade durch das Fenster einsteigen, da schoss aus einer Gruppe von Lorbeerbüschen etwas hervor, das ein grässlich entstelltes Kind zu sein schien, sich mit zuckenden Gliedern ins Gras warf und dann rasch über den Rasen in die Dunkelheit rannte.

»Mein Gott!«, flüsterte ich. »Haben Sie das gesehen?«

Holmes war fürs Erste genauso erschrocken wie ich. In der Aufregung schlossen seine Finger sich wie ein Schraubstock um mein Handgelenk. Dann brach er in leises Gelächter aus und führte seinen Mund an mein Ohr.

»Eine nette Hausgemeinschaft«, murmelte er. »Das ist der Pavian.«

Ich hatte die seltsamen Haustiere vergessen, denen der Doktor zugetan war. Es gab ja auch einen Geparden; vielleicht würde er uns jeden Moment auf die Schulter springen. Ich gestehe, es war mir leichter ums Herz, als ich, nachdem ich Holmes' Beispiel gefolgt war und die Schuhe abgestreift hatte, mich im Schlafzimmer wiederfand. Geräuschlos schloss mein Gefährte die Läden, stellte die Lampe auf den Tisch und sah sich im Raum um. Alles war so, wie wir es bei Tag gesehen hatten. Dann schlich er zu mir herüber, formte die Hände zu einem Trichter und flüsterte mir wieder etwas ins Ohr, so leise, dass ich kaum einzelne Wörter ausmachen konnte.

»Das kleinste Geräusch macht unsere Pläne zunichte.«

Ich nickte, zum Zeichen, dass ich verstanden hatte.

»Wir dürfen kein Licht machen. Er würde es durch den Lüfter sehen.«

Ich nickte erneut.

»Schlafen Sie nicht ein; Ihr Leben könnte davon abhängen. Halten Sie Ihre Pistole bereit, falls wir sie brauchen sollten. Ich setze mich neben das Bett und Sie sich dort auf den Stuhl.«

Ich holte meinen Revolver hervor und legte ihn auf die Tischkante.

Holmes hatte einen langen dünnen Stock mitgebracht, den er neben sich auf dem Bett deponierte. Dazu kamen eine Streichholzschachtel und ein Kerzenstumpf. Dann löschte er die Lampe, und wir saßen im Dunkeln.

Wie soll ich je diese furchtbare Nachtwache vergessen? Kein Laut war zu hören, nicht einmal ein Atemzug, und doch wusste ich, dass mein Gefährte mit offenen Augen nur wenige Fuß entfernt von mir dasaß, im gleichen Zustand nervöser Anspannung, in dem auch ich mich befand. Die Läden sperrten selbst kleinste Lichtstrahlen aus, und so warteten wir in völliger Finsternis. Von draußen erklang der vereinzelte Schrei eines Nachtvogels, und einmal hörten wir genau vor unserem Fenster ein lang gezogenes, katzenhaftes Wimmern, das uns verriet, dass der Gepard tatsächlich umherstreunte. Von ferne schallte der tiefe Klang der Pfarrkirchenglocke herüber, die im Viertelstundentakt losdröhnte. Wie lang sie schienen, diese Viertelstunden! Es schlug zwölf, dann eins, dann zwei, dann drei, und noch immer saßen wir lautlos da und warteten auf das, was sich zutragen mochte.

Plötzlich schien flüchtig ein Licht aus Richtung des Lüfters auf, das zwar gleich wieder verschwand, dem jedoch ein starker Geruch von brennendem Öl und erhitztem Metall folgte. Im Nebenraum war eine Blendlaterne entzündet worden. Ich hörte, wie jemand sich sacht bewegte, dann war abermals alles still, wenngleich der Geruch immer stärker wurde. Eine halbe Stunde lang lauschte ich angestrengt. Dann war plötzlich ein neues Geräusch zu hören – ein zarter, sanfter Ton, ähnlich dem Zischen von Dampf, der langsam aus einem Kessel entweicht. In dem Augenblick, da wir es hörten, sprang Holmes neben dem Bett auf, riss ein Streichholz an und schlug mit seinem Stock wild auf den Klingelzug ein.

»Sehen Sie es, Watson?«, schrie er. »Sehen Sie es?«

Doch ich sah nichts. Als Holmes das Streichholz anriss, hörte ich zeitgleich ein leises, deutliches Pfeifen, aber der jähe grelle Schein vor meinen müden Augen machte es mir unmöglich festzustellen, wonach mein Freund da so heftig schlug. Immerhin konnte ich erkennen, dass sein Gesicht leichenblass war und erfüllt von Grauen und Ekel.

Er hatte zu schlagen aufgehört und starrte zum Lüfter hinauf, als plötzlich aus der nächtlichen Stille der grässlichste Schrei hervorbrach, den ich jemals gehört habe. Er schwoll an, wurde lauter und lauter, ein heiseres Brüllen vor Pein und Angst und Wut, alles vereint in diesem furchtbaren Schrei. Es heißt, dass weit unten im Dorf und sogar im fernen Pfarrhaus dieser Schrei die Schlafenden aus ihren Betten trieb. Er drang uns eiskalt ins Herz, und ich stand da und starrte auf Holmes, und er auf mich, bis der letzte Widerhall des Schreis in der Stille verklungen war, aus der er sich erhoben hatte.

»Was hat das zu bedeuten?«, keuchte ich.

»Es bedeutet, dass alles vorbei ist«, erwiderte Holmes. »Und am Ende ist es so vielleicht das Beste. Nehmen Sie Ihre Pistole, wir gehen in Dr. Roylotts Zimmer.«

Mit ernstem Gesicht entzündete er die Lampe und ging durch den Korridor voran. Zweimal pochte er gegen die Tür, doch aus dem Zimmer kam keine Antwort. Dann drehte er den Knauf und trat ein, ich hielt mich dicht hinter ihm, die schussbereite Pistole in der Hand.

Der Anblick, der sich unseren Augen bot, war einzigartig. Auf dem Tisch stand eine Blendlaterne mit halb geöffneter Blende und warf einen gleißenden Lichtstreif auf den Eisentresor, dessen Tür angelehnt war. Neben dem Tisch, auf dem Holzstuhl, saß Dr. Grimesby Roylott, gekleidet in einen langen grauen Morgenmantel, unter dem seine nackten Knöchel und die Füße hervorschauten, die in flachen roten Türkenpantoffeln steckten. Auf seinem Schoß lag der kurze Stock mit der langen Peitschenschnur, den wir bei Tag gesehen hatten. Sein Kinn war emporgereckt, und seine Augen waren mit grausigem, starrem Blick fest auf den Rand der Decke gerichtet. Seine Stirn zierte ein sonderbares gelbes Band mit bräunlichen Flecken, das eng um seinen Kopf gebunden schien. Als wir eintraten, rührte er sich nicht.

»Das Band! Das gesprenkelte Band!«, wisperte Holmes.

Ich tat einen Schritt vorwärts. Im selben Moment begann sein seltsamer Kopfschmuck sich zu bewegen, und aus seinem Haar reckte sich mit geblähtem Hals der gedrungene, rautenförmige Kopf einer abscheulichen Schlange.

»Eine Sumpfotter!«, rief Holmes. »Die tödlichste Schlange Indiens! Zehn Sekunden nach ihrem Biss war er tot. Gewalt fällt fürwahr auf den zurück, der sie übt, und der Ränkeschmied stürzt in die Grube, die er einem anderen gräbt. Lassen Sie uns diese Kreatur in ihr Versteck schaffen, dann können wir Miss Stoner an einen sicheren Ort bringen und die Polizei der Grafschaft wissen lassen, was geschehen ist.«

Noch im Sprechen zog er rasch die Hundepeitsche vom Schoß des Toten, warf die Schlinge über den Hals des Reptils, zerrte es von seinem grausigen Hochsitz und warf es mit ausgestrecktem Arm in den Eisentresor, den er sofort verschloss.

Das also sind die wahren Fakten zum Tod des Dr. Grimesby Roylott aus Stoke Moran. Es ist unnötig, eine bereits viel zu lange Geschichte noch zu verlängern, indem ich erzähle, wie wir dem verängstigten Mädchen die traurige Nachricht mitteilten, wie wir sie mit dem ersten Zug in die Obhut ihrer lieben Tante nach Harrow brachten und wie der langwierige Prozess der offiziellen Untersuchung zu dem Schluss führte, dass der Doktor den Tod fand, als er unbedacht mit einem gefährlichen Haustier spielte. Das wenige, was ich über den Fall noch nicht wusste, berichtete mir Sherlock Holmes während der Rückfahrt am nächsten Tag.

»Ich war«, sagte er, »zu einem völlig unrichtigen Schluss gelangt, was beweist, mein lieber Watson, wie gefährlich es stets ist, von unzureichenden Fakten auszugehen. Die Anwesenheit der Zigeuner sowie der Ausdruck ›Band‹ oder ›Bande‹, den das arme Mädchen benutzte und mit dem sie zweifellos jene Erscheinung erklären wollte, auf die sie im Licht ihres Streichholzes einen flüchtigen Blick hatte werfen können, haben ausgereicht, um mich auf eine vollkommen falsche Fährte zu setzen. Zu meiner Entlastung kann ich nur darauf verweisen, dass ich meine Position sofort überdachte, als mir gleichwohl klar wurde, dass, welche Gefahr auch immer einem Bewohner des Zimmers drohte, diese weder vom Fenster noch von der Tür her kommen konnte. Wie ich Ihnen gegenüber bereits erwähnt habe, galt meine Aufmerksamkeit schnell jenem Lüfter sowie dem Klingelzug, der auf das Bett herabhing. Die Entdeckung, dass Letzterer eine Attrappe und dass das Bett mit dem Boden verklammert war, nährte in mir sogleich den Verdacht, dass das Seil als Brücke für etwas diente, das sich durch die Öffnung und dann zum Bett bewegte. Schlagartig kam mir der Gedanke an eine Schlange, und als ich dies mit dem Wissen verband, dass der Doktor sich leicht Tiere aus Indien beschaffen konnte, hatte ich das Gefühl, vermutlich auf der richtigen Spur zu sein. Auf die Idee, ein Gift zu benutzen, das mit keiner chemischen Analyse zu entdecken ist, käme wohl nur ein gerissener und skrupelloser Mann, der sich mit Fernöstlichem auskennt. Die Schnelligkeit, mit der ein solches Gift wirkt, wäre aus seiner Sicht ebenfalls ein Vorteil. Nur ein wirklich scharfsichtiger Coroner würde die zwei winzigen dunklen Punkte ausmachen können, die zeigen, wo die Giftzähne am Werk waren. Dann dachte ich an das Pfeifen. Natürlich musste er die Schlange zurückrufen, bevor das Opfer sie im Morgenlicht zu sehen bekam. Wahrscheinlich hatte er sie mithilfe der Milch, die wir sahen, darauf abgerichtet, auf einen Ruf hin zurückzukehren. Zu der Stunde, die ihm am geeignetsten schien, setzte er das Reptil in den Lüfter, in der Gewissheit, dass es das Seil hinunterkriechen und auf dem Bett landen würde. Es mochte dann die Schlafende beißen oder nicht, vielleicht kam sie eine Woche lang jede Nacht davon, doch früher oder später musste sie zum Opfer werden.

Zu diesen Schlüssen war ich gelangt, noch ehe ich seinen Raum betreten hatte. Eine Untersuchung seines Stuhls zeigte mir, dass er häufig darauf gestanden hatte, was natürlich notwendig war, um den Lüfter zu erreichen. Der Anblick des Tresors, der Untertasse mit Milch und der Peitschenschlinge genügte schließlich, um sämtliche Zweifel zu zerstreuen, die ich noch gehegt haben mochte. Verursacher des metallischen Klirrens, das Miss Stoner gehört hatte, war offenbar ihr Stiefvater, der hastig die Tresortür hinter dem furchtbaren Insassen schloss. Sie wissen ja, welche Schritte ich zum Beweis der Sache unternahm, nachdem ich mir Gewissheit verschafft hatte. Ich hörte, wie Sie zweifellos ebenfalls, die Kreatur zischen, machte sofort Licht und attackierte sie.«

»Mit dem Ergebnis, sie zurück durch den Lüfter zu treiben.«

»Und auch mit dem Ergebnis, dass sie sich auf der anderen Seite gegen ihren Herrn wandte. Einige meiner Stockschläge fanden ihr Ziel und stachelten die Schlange an, sodass sie sich auf die erste Person stürzte, die sie sah. In dieser Hinsicht bin ich zweifellos indirekt verantwortlich für Dr. Grimesby Roylotts Tod, und ich kann nicht behaupten, dass dies sehr schwer auf meinem Gewissen lasten wird.«

Der griechische Dolmetscher

Während meiner langen und trauten Bekanntschaft mit Mr Sherlock Holmes hatte ich ihn niemals über seine Verwandtschaft und kaum je über sein Vorleben reden hören. Diese Verschwiegenheit hatte den Eindruck des etwas Unmenschlichen, den er auf mich machte, derart verstärkt, dass ich ihn bisweilen als isolierte Erscheinung betrachtete, ein Hirn ohne Herz, denn es mangelte ihm ebenso sehr an menschlichem Mitgefühl, wie er sich durch Intelligenz hervortat. Seine Aversion gegen Frauen und sein Widerwille, neue Freundschaften zu schließen, waren in gleichem Maße typisch für seinen emotionslosen Charakter wie die völlige Unterdrückung jeglicher Bezugnahme auf seine Familie. Ich war zu der Ansicht gekommen, er sei eine Waise ohne lebende Angehörige; doch eines Tages, zu meiner großen Überraschung, begann er, mir von seinem Bruder zu erzählen.

Es war nach dem Essen an einem Sommerabend, und das Gespräch, das in flüchtiger, unsteter Art von Golf-Clubs zu den Ursachen für die Veränderung in der Schiefe der Ekliptik gewandert war, führte schließlich auf das Thema Atavismus und erbliche Anlagen. Zur Diskussion stand, inwieweit die einzelnen Begabungen eines Menschen auf seine Herkunft oder auf eine frühzeitige Schulung zurückzuführen seien.

»In Ihrem Fall«, sagte ich, »scheint es nach allem, was Sie mir erzählt haben, offensichtlich zu sein, dass Ihre Beobachtungsgabe und die besondere Leichtigkeit, mit der Sie zu Schlüssen gelangen, auf Ihr eigenes systematisches Üben zurückgehen.«

»Bis zu einem gewissen Grad«, antwortete er nachdenklich. »Meine Vorfahren waren Landadlige, die offenbar in etwa das Leben führten, das üblich war für ihren Stand. Dennoch habe ich eine Veranlagung dazu, und sie mag von meiner Großmutter stammen, der Schwester Vernets, des französischen Malers. Kunst im Blut nimmt gern die seltsamsten Formen an.«

»Und woher wissen Sie, dass Sie sie geerbt haben?«

»Weil mein Bruder Mycroft sie in größerem Maße besitzt als ich.«

Das war mir nun wahrlich neu. Wenn es in England noch einen anderen Mann mit so einzigartigen Fähigkeiten gab, warum hatten dann weder die Polizei noch die Öffentlichkeit von ihm gehört? Ich fragte danach, wobei ich andeutete, dass wohl die Bescheidenheit meines Gefährten ihn veranlasse, seinen Bruder als ihm überlegen darzustellen. Holmes lachte über meine Vermutung.

»Mein lieber Watson«, sagte er, »ich kann diesen Leuten, die Bescheidenheit unter die Tugenden rechnen, einfach nicht zustimmen. Für den Logiker sollten alle Dinge exakt so gesehen werden, wie sie sind, und wer sich selbst unterschätzt, ist der Wahrheit ebenso fern wie derjenige, der hinsichtlich seiner Talente übertreibt. Wenn ich also sage, dass Mycroft eine bessere Beobachtungsgabe besitzt als ich, dürfen Sie annehmen, dass dies voll und ganz der Wahrheit entspricht.«

»Ist er jünger als Sie?«

»Sieben Jahre älter.«

»Wie kommt es, dass er unbekannt ist?«

»Oh, in seinen Kreisen ist er durchaus bekannt.«

»Nämlich wo?«

»Nun, im Diogenes Club zum Beispiel.«

Von dieser Einrichtung hatte ich noch nie gehört, und mein Gesicht muss das deutlich gezeigt haben, denn Sherlock Holmes zog seine Uhr hervor.

»Der Diogenes Club ist der sonderbarste Club in ganz London, und Mycroft einer der sonderbarsten Menschen. Er ist dort stets von Viertel vor fünf bis zwanzig vor acht. Jetzt ist es sechs, also sollten Sie an diesem herrlichen Abend Lust auf einen Spaziergang haben, stelle ich Ihnen mit Freuden zwei Kuriositäten vor.«

Fünf Minuten später befanden wir uns auf der Straße und gingen Richtung Regent Circus.

»Sie fragen sich«, sagte mein Gefährte, »weshalb Mycroft sein Talent nicht auf die Detektivarbeit verwendet. Er ist unfähig dazu.«

»Aber Sie sagten doch –«

»Ich sagte, er sei mir im Beobachten und Schlussfolgern überlegen. Bestünde die Kunst des Detektivs im Räsonnement von einem Lehnstuhl aus, mein Bruder wäre der größte Kriminalist, der je gelebt hat. Doch er besitzt weder Ehrgeiz noch Energie. Er würde von seinem gewohnten Tagesablauf nicht einmal abweichen, um seine eigenen Lösungen zu verifizieren, und sich eher einen Irrtum nachsagen lassen, als sich die Mühe zu machen zu beweisen, dass er recht hat. Wieder und wieder habe ich ihm Probleme vorgelegt und Erklärungen erhalten, die sich später als richtig erwiesen. Und doch war er absolut unfähig, all die praktischen Fragen zu lösen, um die man sich kümmern muss, bevor man einen Fall einem Richter und den Geschworenen vorlegen kann.«

»Es ist demnach nicht sein Beruf?«

»Keineswegs. Was mir das Auskommen sichert, ist bei ihm bloß die Liebhaberei eines Dilettanten. Er hat ein außergewöhnliches Talent für Zahlen und prüft die Bücher in einigen Abteilungen der Regierung. Mycroft wohnt in der Pall Mall, und jeden Morgen geht er einmal um die Ecke nach Whitehall und jeden Abend zurück. Jahrein, jahraus verschafft er sich keine andere Bewegung, und man sieht ihn nirgendwo sonst, mit Ausnahme nur des Diogenes Clubs, der seiner Wohnung direkt gegenüberliegt.«

»Mir sagt der Name nichts.«

»Sehr wahrscheinlich. Wissen Sie, es gibt viele Männer in London, die, mal aus Scheu, mal aus Misanthropie, keinerlei Verlangen nach der Gesellschaft ihrer Mitmenschen haben. Trotzdem sind sie bequemen Sesseln und den neuesten Zeitschriften nicht abgeneigt. Zu deren Annehmlichkeit wurde der Diogenes Club gegründet, und inzwischen versammelt er die ungeselligsten und clubuntüchtigsten Männer der Stadt. Keinem Mitglied ist es gestattet, von einem anderen auch nur die leiseste Notiz zu nehmen. Außer im Besuchszimmer ist Reden unter keinen Umständen erlaubt, und drei Verstöße ziehen, erhält das Komitee davon Kenntnis, den Ausschluss des Redenden nach sich. Mein Bruder war einer der Gründer, und ich selbst habe die Atmosphäre dort als sehr angenehm empfunden.«

Während wir uns unterhielten, hatten wir die Pall Mall erreicht und gingen sie nun vom Ende St.-James's aus entlang. Ein kleines Stück vom Carlton Club entfernt blieb Sherlock Holmes vor einer Tür stehen, und indem er mich davor warnte zu sprechen, ging er voraus in die Halle. Durch die Verglasung erhaschte ich einen Blick auf einen großen und luxuriösen Raum, in dem eine beträchtliche Anzahl Männer herumsaß und Zeitungen las, jeder in seiner eigenen kleinen Nische. Holmes führte mich in ein kleines Zimmer, das auf die Pall Mall hinausging, ließ mich für eine Minute allein und kam dann mit einem Begleiter zurück, der tatsächlich nur sein Bruder sein konnte.

Mycroft Holmes war erheblich größer und stämmiger als Sherlock. Sein Körper war überaus korpulent, doch sein Gesicht hatte, obschon massig, etwas von der Ausdrucksschärfe bewahrt, die an den Zügen seines Bruders so bemerkenswert war. Seine Augen, die von einem eigentümlich hellen, wässrigen Grau waren, schienen jenen entrückten, nach innen gekehrten Blick nie abzulegen, den ich in Sherlocks Augen nur beobachtet hatte, wenn er unter Hochdruck arbeitete.

»Ich bin erfreut, Sie kennenzulernen, Sir«, sagte er, wobei er eine breite, fleischige Hand wie eine Seehundsflosse ausstreckte. »Ich höre immerzu von Sherlock, seit Sie sein Chronist geworden sind. Übrigens, Sherlock, ich hatte erwartet, dass du vergangene Woche hereinschaust und mich wegen dieses Manor-House-Falls konsultierst. Ich dachte, du seist vielleicht etwas ratlos.«

»Nein, ich habe ihn gelöst«, sagte mein Freund lächelnd.

»Selbstverständlich war es Adams.«

»Ja, es war Adams.«

»Das war mir von Anfang an klar.« Die beiden setzten sich in das Erkerfenster des Clubs. »Für jeden, der die menschliche Spezies studieren will, ist dies der richtige Platz«, sagte Mycroft. »Sieh dir die herrlichen Typen an! Zum Beispiel die beiden Männer, die just auf uns zukommen.«

»Den Billard-Markör und den anderen?«

»Genau. Was hältst du von dem anderen?«

Die beiden Männer waren gegenüber dem Fenster stehen geblieben. Ein paar Kreidespuren auf der Westentasche des einen waren der einzige Hinweis auf Billard, den ich erkennen konnte. Der andere war ein sehr schmaler, dunkel gekleideter Bursche mit zurückgeschobenem Hut und einigen Paketen unter dem Arm.

»Ein ehemaliger Soldat, wie ich bemerke«, sagte Sherlock.

»Und erst kürzlich entlassen«, fügte der Bruder hinzu.

»Hat in Indien gedient, wie ich sehe.«

»Und zwar als Unteroffizier.«

»Königliche Artillerie, nehme ich an«, sagte Sherlock.

»Und Witwer.«

»Aber mit einem Kind.«

»Kindern, alter Knabe, Kindern.«

»Nun aber langsam«, sagte ich lachend, »das ist ein bisschen zu viel.«

»Sicher ist es nicht schwer, darauf zu kommen«, entgegnete Holmes, »dass ein Mann mit dieser Haltung, diesem Ausdruck von Autorität und dieser sonnenverbrannten Haut Soldat, mehr als nur Gefreiter und nicht lange aus Indien zurück ist.«

»Dass er vor Kurzem erst den Dienst quittiert hat, zeigt sich daran, dass er immer noch seine Waffenstiefel trägt, wie man sie nennt«, bemerkte Mycroft.

»Sein Gang ist nicht der eines Kavalleristen, doch er trug den Hut seitlich, wie man an der helleren Haut auf dieser Seite der Stirn erkennt. Sein Gewicht schließt aus, dass er Sappeur ist. Er ist bei der Artillerie.«

»Dann zeigt natürlich seine Trauerkleidung, dass er jemand sehr Teuren verloren hat. Da er seine Einkäufe selbst erledigt, handelt es sich offenbar um seine Frau. Er hat Sachen für Kinder gekauft, wie Sie bemerken. Darunter auch eine Rassel, was zeigt, dass eines von ihnen sehr klein ist. Die Frau starb vermutlich im Wochenbett. Das Bilderbuch unter seinem Arm verrät, es gibt noch ein anderes Kind, das bedacht werden muss.«

Ich begann zu verstehen, was mein Freund mit der Behauptung gemeint hatte, sein Bruder besitze noch schärfere Geistesgaben als er selbst. Er blickte zu mir herüber und lächelte. Mycroft nahm Schnupftabak aus einer Schildpattdose und wischte sich verirrte Körnchen mit einem großen, roten Seidentaschentuch vom Rock.

»Nebenbei, Sherlock«, sagte er, »man hat mir etwas zur Beurteilung vorgelegt, das ganz nach deinem Geschmack sein dürfte – ein höchst eigenartiges Problem. Ich hatte wirklich nicht die Kraft, ihm nachzugehen, außer auf ziemlich unvollkommene Weise, doch es ergaben sich daraus für mich ein paar amüsante Spekulationen. Falls dir daran läge, die Einzelheiten zu erfahren ...«

»Mein lieber Mycroft, ich wäre entzückt.«

Der Bruder kritzelte eine Nachricht auf ein Blatt seines Notizbuchs, läutete und übergab sie dem Kellner.

»Ich habe Mr Melas zu uns herübergebeten«, sagte er. »Er wohnt im Stockwerk über mir, und ich bin flüchtig mit ihm bekannt, was ihn veranlasste, sich in seiner Bestürzung an mich zu wenden. Mr Melas ist griechischer Abstammung, wie ich hörte, und er ist ein bemerkenswerter Sprachkenner. Seinen Lebensunterhalt verdient er sich teils als Dolmetscher bei Gericht, teils als Fremdenführer für begüterte Orientalen, die sich in den Hotels der Northumberland Avenue einmieten. Ich denke, ich überlasse es ihm, sein recht ungewöhnliches Erlebnis auf seine Weise zu schildern.«

Wenige Minuten später gesellte sich ein kleiner, stämmiger Mann zu uns, dessen olivfarbenes Gesicht und kohlschwarzes Haar seine südländische Herkunft verrieten, wenngleich seine Sprache die eines gebildeten Engländers war. Er schüttelte Sherlock Holmes eifrig die Hand, und seine dunklen Augen glänzten vor Freude, als er erfuhr, dass der Spezialist gespannt darauf war, seine Geschichte zu hören.

»Ich nehme nicht an, dass die Polizei mir glaubt – auf mein Wort, sicher nicht«, sagte er mit klagender Stimme. »Nur weil sie noch nie von derlei gehört haben, meinen sie, es könne nicht sein. Ich jedenfalls werde gewiss so lange nicht ruhig schlafen, bis ich weiß, was aus dem armen Mann mit den Heftpflastern im Gesicht geworden ist.«

»Ich bin ganz Ohr«, sagte Sherlock Holmes.

»Jetzt ist es Mittwochabend«, sagte Mr Melas. »Nun denn, es war Montagnacht – vor zwei Tagen erst, Sie verstehen –, als all das geschah. Ich bin Dolmetscher, wie Ihnen mein Nachbar hier vielleicht erzählt hat. Ich dolmetsche alle – oder fast alle – Sprachen, aber da ich gebürtiger Grieche bin und einen griechischen Namen habe, bin ich hauptsächlich an ebendiese Sprache gebunden. Seit vielen Jahren bin ich der wichtigste Griechischdolmetscher in London, und mein Name ist in den Hotels sehr gut bekannt.

Es geschieht nicht selten, dass zu ungewöhnlicher Stunde nach mir geschickt wird, von Ausländern, die gerade in Schwierigkeiten geraten, oder von Reisenden, die spät eintreffen und meine Dienste wünschen. Ich war Montagnacht deshalb nicht überrascht, als ein Mr Latimer, ein sehr elegant gekleideter junger Mann, zu meiner Wohnung kam und mich bat, ihn in einer Droschke zu begleiten, die vor der Tür wartete. Ein griechischer Freund, sagte er, habe ihn geschäftlich aufgesucht, und da dieser nur seine Muttersprache spreche, seien die Dienste eines Dolmetschers unverzichtbar. Er gab mir zu verstehen, dass sein Haus etwas weiter entfernt sei, in Kensington, und er schien in großer Eile, da er mich hastig in die Droschke schob, sobald wir hinuntergegangen und auf die Straße getreten waren.

Ich sage in die Droschke, doch ich fing bald an zu zweifeln, ob es nicht vielmehr eine Kutsche war, in der ich mich befand. Jedenfalls war sie geräumiger als die gewöhnliche, vierrädrige

Schande für London, und die Ausstattung war zwar abgenutzt, aber von höchster Qualität. Mr Latimer setzte sich mir gegenüber, und wir fuhren los, erst durch Charing Cross, dann die Shaftesbury Avenue hinauf. Wir waren auf der Oxford Street herausgekommen und ich hatte die Bemerkung gewagt, dass dies nach Kensington ein Umweg sei, als das außergewöhnliche Betragen meines Begleiters mich verstummen ließ.

Als Erstes zog er einen ziemlich gefährlich aussehenden, bleibeschwerten Knüppel aus der Tasche und ließ ihn ein paarmal vor- und zurückschnellen, wie um Gewicht und Festigkeit zu prüfen. Dann legte er ihn ohne ein Wort neben sich auf den Sitz. Kaum war dies getan, schloss er auf beiden Seiten die Fenster, und ich stellte zu meinem Erstaunen fest, dass sie mit Papier zugeklebt waren, um zu verhindern, dass ich hinaussehen konnte.

›Tut mir leid, Ihnen den Ausblick zu nehmen, Mr Melas‹, sagte er. ›Tatsache ist, dass ich nicht die Absicht habe, Sie sehen zu lassen, an welchen Ort wir fahren. Es käme mir möglicherweise ungelegen, wenn Sie den Weg dorthin wiederfänden.‹

Wie Sie sich vorstellen können, machten mich diese Worte vollkommen sprachlos. Mein Begleiter war ein kräftiger, breitschultriger junger Bursche, und ich hätte, von der Waffe mal ganz abgesehen, in einem Kampf mit ihm nicht die leiseste Chance gehabt.

›Das ist ein sehr ungewöhnliches Verhalten, Mr Latimer‹, stammelte ich. ›Sie wissen sicher, dass Ihr Handeln durchaus gesetzwidrig ist.‹

›Wir nehmen uns einige Freiheiten, kein Zweifel‹, sagte er, ›doch wir werden Sie dafür entschädigen. Ich muss Sie allerdings warnen, Mr Melas, denn sollten Sie irgendwann heute Nacht versuchen, Alarm zu schlagen, oder sonst etwas tun, das meinen Interessen entgegensteht, so werden Sie merken, wie ernst die Sache ist. Ich bitte Sie zu bedenken, dass niemand weiß, wo Sie sind, und dass Sie sich, ob nun in dieser Kutsche oder in meinem Haus, in jedem Fall in meiner Gewalt befinden.‹

Sein Ton war ruhig, aber er sprach mit krächzender Stimme, was sehr bedrohlich wirkte. Ich saß schweigend da und fragte mich, was in aller Welt ihn veranlassen könnte, mich auf derart ungewöhnliche Weise zu entführen. Was immer es sein mochte, es war vollkommen klar, dass Widerstand ganz und gar zwecklos war und mir nichts weiter blieb als abzuwarten, was passieren würde.

Fast zwei Stunden fuhren wir, ohne dass ich den kleinsten Anhaltspunkt hatte, wohin es ging. Bisweilen verriet das Rattern der Steine eine gepflasterte Chaussee, dann wieder deutete unsere sanfte, leise Fahrt auf Asphalt; doch abgesehen vom Wechsel der Geräusche gab es überhaupt nichts, was mich auch nur im Entferntesten hätte vermuten lassen, wo wir waren. Durch das Papier vor beiden Fenstern drang keinerlei Licht, und vor die vordere Glasscheibe war ein blauer Vorhang gezogen. Es war Viertel nach sieben gewesen, als wir die Pall Mall verließen, und meine Uhr zeigte zehn vor neun, als wir endlich zum Stehen kamen. Mein Begleiter ließ das Fenster herunter, und ich erhaschte einen Blick auf einen niedrigen, gewölbten Eingang mit einer brennenden Lampe darüber. Während man mich eilig aus der Kutsche drängte, schwang die Tür auf, dann war ich im Haus, mit einem flüchtigen Eindruck von Rasen und Bäumen zu beiden Seiten, als ich eintrat. Ob dieses Grundstück allerdings Privatgelände oder in öffentlicher Hand war, wage ich nicht mit Bestimmtheit zu sagen.

Im Innern hing eine farbige Gaslampe, die man so niedrig gedreht hatte, dass ich kaum etwas sehen konnte, außer dass die Vorhalle recht groß und mit Bildern behängt war. Im trüben Schein konnte ich erkennen, dass die Person, die uns geöffnet hatte, ein kleiner, niederträchtig aussehender Mann mittleren Alters mit eingefallenen Schultern war. Als er sich uns zuwandte, zeigten mir einige Lichtreflexe, dass er eine Brille trug.

›Ist das Mr Melas, Harold?‹, fragte er.

›Ja.‹

›Recht so, recht so! Nichts für ungut, hoffe ich, Mr Melas, aber ohne Sie kamen wir einfach nicht weiter. Gehen Sie anständig mit uns um und Sie werden es nicht bereuen, doch sollten Sie irgendwelche Tricks versuchen, dann gnade Ihnen Gott!‹ Er sprach auf nervöse, fahrige Art und mit einigen kichernden Lachern dazwischen, doch irgendwie flößte er mir mehr Angst ein als der andere.

›Was wollen Sie von mir?‹, fragte ich.

›Nur, dass Sie einem griechischen Gentleman, der sich bei uns aufhält, ein paar Fragen stellen und uns die Antworten mitteilen. Sagen Sie aber nicht mehr, als wir ihnen auftragen, denn sonst‹ – hier folgte erneut das nervöse Kichern – ›wären Sie besser nie geboren worden.‹

Während er sprach, öffnete er eine Tür und wies den Weg in ein Zimmer, das sehr prachtvoll möbliert schien, doch wieder kam das einzige Licht von einer Lampe, die halb heruntergedreht war. Der Raum war sicherlich groß, und die Art, wie meine Füße im Teppich versanken, als ich darüberging, verriet mir seinen Prunk. Vage erkannte ich samtene Sessel, einen hohen Kaminsims aus weißem Marmor, und daneben etwas, das eine japanische Rüstung zu sein schien. Ein Sessel stand genau unter der Lampe, und der ältere Mann bedeutete mir, mich hineinzusetzen. Der jüngere war nicht mehr bei uns, kehrte aber plötzlich durch eine andere Tür zurück, an seiner Seite einen Gentleman führend, der in eine Art weiten Morgenmantel gekleidet war und langsam auf uns zukam. Als er in den matten Lichtkreis trat und ich ihn besser sehen konnte, ließ sein Anblick mich vor Entsetzen erschauern. Er war leichenblass und schrecklich abgezehrt, mit den vorstehenden, glänzenden Augen eines Mannes, dessen Geist den Körper an Kraft übertrifft. Doch mehr als alle Anzeichen physischer Schwäche schockierte mich, dass sein Gesicht auf groteske Weise kreuz und quer mit Heftpflastern bedeckt war und ein einzelner breiter Streifen über seinem Mund klebte.

›Hast du die Schiefertafel, Harold?‹, rief der ältere Mann, als jenes seltsame Wesen in einen Sessel mehr fiel als sich setzte. ›Seine Hände sind frei? Also dann, gib ihm den Griffel. Sie sollen die Fragen stellen, Mr Melas, und er wird die Antworten aufschreiben. Fragen Sie ihn zuallererst, ob er bereit ist, die Papiere zu unterzeichnen.‹

Die Augen des Mannes blitzten feurig.

›Niemals!‹, schrieb er auf Griechisch auf die Tafel.

›Unter keinen Umständen?‹, fragte ich ihn auf Geheiß unseres Tyrannen.

›Nur, wenn sie vor meinen Augen von einem griechischen Priester getraut wird, den ich kenne.‹

Der Mann kicherte auf seine gehässige Art.

›Sie wissen also, was Sie erwartet?‹

›Mein Schicksal kümmert mich nicht.‹

Dies sind nur ein paar Beispiele der Fragen und Antworten, aus denen unsere seltsame, halb gesprochene, halb geschriebene Unterhaltung bestand. Wieder und wieder musste ich ihn fragen, ob er nachgeben und die Dokumente unterzeichnen werde. Wieder und wieder erhielt ich dieselbe entrüstete Antwort. Bald jedoch kam mir eine gute Idee. Ich ging dazu über, jeder Frage einen kurzen Satz von mir selbst anzuhängen, harmlose zunächst, um zu prüfen, ob einer unserer Zuhörer es bemerkte, und dann, als ich sah, dass nichts darauf hindeutete, spielte ich ein gefährlicheres Spiel. Unser Gespräch verlief etwa folgendermaßen:

›Dieser Starrsinn nützt Ihnen gar nichts. *Wer sind Sie?*‹

›Das ist mir gleich. *Ich bin fremd in London.*‹

›Sie halten Ihr Schicksal in der Hand. *Seit wann sind Sie hier?*‹

›Sei's drum. *Seit drei Wochen.*‹

›Das Vermögen wird niemals Ihnen gehören. *Was fehlt Ihnen?*‹

›Ich werde es keinen Schurken überlassen. *Sie hungern mich aus.*‹

›Sie sind frei, sobald Sie unterzeichnen. *Was für ein Haus ist das?*‹

›Ich werde nie unterzeichnen. *Ich weiß es nicht.*‹

›Sie erweisen ihr damit keinen Dienst. *Wie heißen Sie?*‹

›Das will ich von ihr selbst hören. *Kratides.*‹

›Sie werden sie sehen, wenn Sie unterzeichnen. *Woher kommen Sie?*‹

›Dann werde ich sie niemals sehen. *Athen.*‹

Fünf Minuten länger, Mr Holmes, und ich hätte die ganze Geschichte direkt vor ihrer Nase herausgebracht. Bereits meine nächste Frage hätte die Sache aufklären können, doch im selben Moment öffnete sich die Tür und eine Frau trat ins Zimmer. Ich konnte sie nicht deutlich genug sehen, um mehr zu erkennen, als dass sie groß und anmutig war, mit schwarzem Haar, und in ein ziemlich weites, weißes Kleid gehüllt.

›Harold, ich konnte nicht länger fortbleiben‹, sagte sie auf Englisch mit starkem Akzent. ›Es ist so einsam dort oben, nur mit … o mein Gott, das ist Paul!‹

Diese letzten Worte sprach sie auf Griechisch, und sogleich riss der Mann sich mit krampfhafter Anstrengung das Pflaster von den Lippen, schrie ›Sophie! Sophie!‹ und stürzte sich der Frau in die Arme. Doch ihre Umarmung währte nur einen Augenblick, denn der jüngere Mann packte die Frau und stieß sie aus dem Zimmer, während der ältere sein ausgemergeltes Opfer mühelos überwältigte und es durch die andere Tür davonzerrte. Für einen Moment war ich allein im Raum, und ich sprang auf mit der vagen Vorstellung, ich könne irgendwie einen Hinweis darauf entdecken, was das für ein Haus war, in dem ich mich befand. Glücklicherweise indes unternahm ich nichts, denn als ich den Blick hob, sah ich, dass der ältere Mann im Türrahmen stand, die Augen fest auf mich gerichtet.

›Das wird genügen, Mr Melas‹, sagte er. ›Sie verstehen, dass wir Sie in einer sehr privaten Angelegenheit ins Vertrauen gezogen haben. Wir hätten Sie nicht behelligt, wäre unser Freund, der Griechisch spricht und diese Verhandlungen begonnen hat, nicht gezwungen gewesen, in den Osten zurückzukehren. Es war daher unerlässlich für uns, jemanden zu finden, der seine Stelle einnahm, und wir hatten das Glück, von Ihren Fähigkeiten zu hören.‹

Ich verbeugte mich.

›Hier sind fünf Sovereigns‹, sagte er und kam auf mich zu, ›die, wie ich hoffe, als Honorar ausreichend sind. Aber denken Sie daran‹, fügte er hinzu, indem er mir leicht auf die Brust tippte und kicherte, ›falls Sie auch nur einer Menschenseele davon berichten – einer einzigen Menschenseele, wohlgemerkt –, nun, dann sei Gott Ihrer Seele gnädig!‹

Ich kann Ihnen den Abscheu und das Entsetzen, die dieser unscheinbar aussehende Mann mir einflößte, nicht beschreiben. Ich konnte ihn jetzt besser sehen, da das Lampenlicht auf ihn fiel. Seine Züge wirkten kränklich und fahl, und sein kleiner Spitzbart war dünn und ungepflegt. Beim Sprechen reckte er das Gesicht vor, und seine Lippen und Augenlider zuckten unaufhörlich, wie bei einem Mann mit Veitstanz. Ich konnte nicht umhin zu denken, dass auch dieses seltsame, ruckartig kurze Lachen Symptom eines Nervenleidens sei. Das Grauenerregende an seinem Antlitz waren jedoch seine Augen, stahlgrau und kalt glitzernd, mit einer boshaften, unerbittlichen Grausamkeit in ihren Tiefen.

›Sollten Sie hierüber sprechen, erfahren wir es‹, sagte er. ›Wir haben unsere eigenen Mittel, uns kundig zu machen. Jetzt wartet die Kutsche auf Sie, und mein Freund wird Sie auf Ihrem Heimweg begleiten.‹

Man schob mich hastig durch die Halle und in das Gefährt, wobei ich erneut einen flüchtigen Blick auf Bäume und einen Garten erhaschte. Mr Latimer folgte mir dicht auf den Fersen und setzte sich wortlos mir gegenüber. Schweigend legten wir wiederum eine schier endlose Strecke zurück, die Fenster hochgeschoben, bis die Kutsche, kurz nach Mitternacht, schließlich anhielt.

›Sie steigen hier aus, Mr Melas‹, sagte mein Begleiter. ›Es tut mir leid, Sie so weit von Ihrem Haus abzusetzen, doch es gibt keine Alternative. Jeder Versuch von Ihrer Seite, der Kutsche zu folgen, wird am Ende Ihr Schaden sein.‹

Noch im Sprechen öffnete er die Tür, und ich hatte kaum Zeit hinauszuspringen, da gab der Kutscher dem Pferd schon die Peitsche und der Wagen ratterte davon. Erstaunt blickte ich mich um. Ich stand auf einer Art üppiger Allmende, übersät mit dunklen Gruppen von Stechginstersträuchern. In der Ferne erstreckte sich eine Häuserreihe, hier und da mit einem Licht in den oberen Fenstern. Auf der anderen Seite sah ich die roten Signallampen einer Eisenbahnstrecke.

Die Kutsche, die mich gebracht hatte, war bereits außer Sicht. Ich stand da, starrte umher und fragte mich, wo in aller Welt ich war, da sah ich in der Dunkelheit jemanden auf mich zukommen. Als er sich mir näherte, erkannte ich, dass er Eisenbahner war.

›Können Sie mir sagen, wie dieser Ort heißt?‹, fragte ich.

›Wandsworth Common‹, sagte er.

›Fährt hier ein Zug in die Stadt?‹

›Wenn Sie noch ungefähr eine Meile laufen, bis Clapham Junction‹, sagte er, ›erwischen Sie noch den letzten zur Victoria Station.‹

Das also war das Ende meines Abenteuers, Mr Holmes. Weder weiß ich, wo ich war, noch mit wem ich sprach, noch sonst irgendetwas über das hinaus, was ich Ihnen erzählt habe. Aber ich weiß, da ist ein übles Spiel im Gang, und ich möchte diesem Unglücklichen helfen, wenn ich kann. Am nächsten Morgen habe ich die ganze Geschichte Mr Mycroft Holmes erzählt und später der Polizei.«

Wir alle saßen ein Weilchen still da, nachdem wir dieser ungewöhnlichen Erzählung gelauscht hatten. Dann sah Sherlock hinüber zu seinem Bruder.

»Irgendwelche Schritte?«, fragte er.

Mycroft griff nach der *Daily News*, die auf dem Beistelltisch lag.

»›Jeder, der gesicherte Angaben macht über den Verbleib eines griechischen Gentleman namens Paul Kratides, aus Athen stammend und des Englischen unkundig, erhält eine Belohnung. Ebenso jeder, der Auskünfte über eine griechische Lady mit dem Vornamen Sophie gibt. X 2473.‹ Das stand in allen Tageszeitungen. Keine Antwort.«

»Was ist mit der Griechischen Gesandtschaft?«

»Ich habe nachgefragt. Sie wissen von nichts.«

»Und ein Telegramm an den Leiter der Polizei von Athen?«

»Sherlock hat alle Tatkraft der Familie«, sagte Mycroft, zu mir gewandt. »Nun, übernimm auf jeden Fall du jetzt die Sache und lass mich wissen, wenn du etwas erreichst.«

»Sicher«, antwortete mein Freund und erhob sich von seinem Sessel. »Ich lass es dich wissen, und auch Mr Melas. In der Zwischenzeit, Mr Melas, wäre ich an Ihrer Stelle gründlich auf der Hut, denn natürlich ist denen nach diesen Anzeigen klar, dass Sie sie verraten haben.«

Als wir gemeinsam heimwärts gingen, hielt Holmes bei einem Telegrafenamt und gab mehrere Telegramme auf.

»Sie sehen, Watson«, bemerkte er, »unser Abend war keineswegs vergeudet. Einige meiner interessantesten Fälle kamen auf diese Weise über Mycroft zu mir. Das Rätsel, von dem wir gerade gehört haben, trägt, obwohl es nur eine Erklärung zulässt, dennoch einige charakteristische Züge.«

»Sie sind zuversichtlich, es zu lösen?«

»Nun, bei allem, was wir bereits wissen, wäre es in der Tat eigenartig, falls es uns misslänge, den Rest aufzudecken. Auch Sie selbst dürften sich zur Erklärung der Fakten, die uns berichtet wurden, eine Theorie zurechtgelegt haben.«

»Schemenhaft zurechtgelegt, ja.«

»Was nämlich war Ihr Gedanke?«

»Es schien mir offensichtlich, dass dieses griechische Mädchen von dem jungen Engländer namens Harold Latimer verschleppt wurde.«

»Verschleppt woher?«

»Aus Athen vielleicht.«

Sherlock Holmes schüttelte den Kopf. »Dieser junge Mann sprach kein Wort Griechisch. Die Lady sprach ziemlich gut Englisch. Schlussfolgerung: Sie war für einige Zeit in England, er aber war nicht in Griechenland.«

»Nun denn, nehmen wir an, dass sie besuchsweise nach England kam und dass dieser Harold sie überredete, mit ihm zu fliehen.«

»Das ist wahrscheinlicher.«

»Dann kommt der Bruder – denn in diesem Verhältnis, vermute ich, stehen die beiden – aus Griechenland herüber, um einzugreifen. Unklugerweise begibt er sich in die Hände des jungen Mannes und seines älteren Komplizen. Sie halten ihn fest und werden ihm gegenüber gewalttätig, um ihn dazu zu bringen, einige Papiere zu unterzeichnen, die ihnen das Vermögen des Mädchens – dessen Treuhänder er sein mag – übereignen. Er verweigert das. Um mit ihm zu verhandeln, benötigen sie einen Dolmetscher, und sie verfallen auf diesen Mr Melas, nachdem sie sich zuvor eines anderen bedient haben. Dem Mädchen sagt man nichts von der Ankunft ihres Bruders, und nur durch puren Zufall kommt sie dahinter.«

»Hervorragend, Watson!«, rief Holmes. »Ich glaube wirklich, Sie sind von der Wahrheit nicht weit entfernt. Sie sehen, wir halten alle Trümpfe, und fürchten müssen wir nur einen plötzlichen Akt der Gewalt von deren Seite. Falls sie uns Zeit lassen, fassen wir sie.«

»Aber wie finden wir heraus, wo dieses Haus liegt?«

»Nun, trifft unsere Mutmaßung zu und der Name des Mädchens ist oder war Sophie Kratides, dann sollten wir sie mühelos aufspüren können. Das muss unsere größte Hoffnung sein, denn der Bruder ist natürlich ein völlig Fremder. Es ist klar, dass einige Zeit vergangen ist, seit dieser Harold seine Beziehungen zu dem Mädchen aufnahm – in jedem Fall mehrere Wochen, da der Bruder in Griechenland Zeit hatte, davon zu hören und hierherzukommen. Sollten sie die ganze Zeit am selben Ort gewohnt haben, werden wir wahrscheinlich eine Antwort auf Mycrofts Anzeige erhalten.«

Während wir uns unterhielten, hatten wir das Haus in der Baker Street erreicht. Holmes stieg als Erster die Treppe hinauf, und als er die Tür unseres Zimmers öffnete, fuhr er verblüfft zusammen. Ich lugte ihm über die Schulter und war gleichermaßen erstaunt. Sein Bruder Mycroft saß rauchend im Lehnsessel.

»Immer herein, Sherlock! Immer herein, Sir«, sagte er milde und schmunzelte über unsere verblüfften Gesichter. »Du traust mir solche Tatkraft nicht zu, oder, Sherlock? Aber irgendwie fesselt mich dieser Fall.«

»Wie bist du hierhergekommen?«

»Ich habe euch in einem Hansom überholt.«

»Es hat sich wohl etwas Neues ergeben?«

»Eine Antwort auf meine Anzeige.«

»Ah!«

»Ja, sie kam wenige Minuten nach eurem Weggang.«

»Und der Inhalt?«

Mycroft Holmes zog ein Blatt Papier hervor.

»Hier ist sie«, sagte er, »geschrieben mit breiter Feder auf cremefarbenem Royalpapier von einem Mann mittleren Alters mit schwacher Konstitution.

›Sir [sagt er],
als Antwort auf Ihre heutige Anzeige erlaube ich mir, Ihnen mitzuteilen, dass ich die fragliche junge Lady sehr gut kenne. Sollten Sie bei mir vorsprechen wollen, könnte ich Ihnen nähere Angaben bezüglich ihrer schmerzlichen Geschichte machen. Sie lebt gegenwärtig in The Myrtels, Beckenham.
Ihr ergebener

J. Davenport.‹

Er schreibt aus Lower Brixton«, sagte Mycroft Holmes. »Meinst du nicht, wir sollten gleich zu ihm fahren, Sherlock, um diese näheren Angaben zu erhalten?«

»Mein lieber Mycroft, das Leben des Bruders ist wertvoller als die Geschichte der Schwester. Ich denke, wir sollten Inspektor Gregson bei Scotland Yard abholen und geradewegs hinaus nach Beckenham fahren. Wir wissen, ein Mann wird zu Tode gemartert, und jede Stunde kann entscheidend sein.«

»Besser, wir lesen unterwegs auch Mr Melas auf«, schlug ich vor. »Wir könnten einen Dolmetscher brauchen.«

»Ausgezeichnet«, sagte Sherlock Holmes. »Schicken Sie den Jungen nach einer Droschke, dann brechen wir sofort auf.« Bei diesen Worten öffnete er die Tischschublade, und ich bemerkte, dass er sich seinen Revolver in die Tasche schob. »Ja«, sagte er auf meinen Blick hin, »nach dem, was wir gehört haben, würde ich sagen, wir haben es mit einer besonders gefährlichen Bande zu tun.«

Es war fast dunkel, als wir bei Mr Melas' Wohnung in der Pall Mall ankamen. Ein Gentleman hatte ihn gerade abgeholt, er war fort.

»Können Sie mir sagen, wohin?«, fragte Mycroft Holmes.

»Ich weiß nicht, Sir«, antwortete die Frau, die die Tür geöffnet hatte. »Ich weiß nur, dass er mit dem Gentleman in einer Kutsche davonfuhr.«

»Hat dieser Gentleman seinen Namen genannt?«

»Nein, Sir.«

»Es war kein großer, stattlicher, dunkelhaariger junger Mann?«

»O nein, Sir. Es war ein kleiner Gentleman, mit Brille, dünn im Gesicht, aber sehr lustig im Umgang, denn er lachte die ganze Zeit, während er redete.«

»Los, kommt!«, rief Sherlock Holmes plötzlich. »Das Ganze wird ernst«, bemerkte er, als wir zu Scotland Yard fuhren. »Diese Männer haben Melas wieder in ihre Gewalt gebracht. Beherztes Einschreiten ist nicht seine Sache, wie sie dank ihrer Erfahrung in jener Nacht sehr wohl wissen. Die bloße Gegenwart dieses Schurken dürfte ihn eingeschüchtert haben. Zweifellos benötigen sie seine beruflichen Dienste, doch sobald sie sich seiner bedient haben, könnten sie gewillt sein, ihn für das zu bestrafen, was sie auf jeden Fall als Verrat betrachten.«

Unsere Hoffnung war, dass wir mit dem Zug ebenso schnell in Beckenham sein würden wie die Kutsche oder sogar noch vor ihr. Als wir jedoch bei Scotland Yard eintrafen, dauerte es noch mehr als eine Stunde, bis wir zu Inspektor Gregson vordringen und die rechtlichen Formalitäten erledigen konnten, die uns in die Lage versetzten, das Haus zu betreten. Es war Viertel vor zehn, als wir London Bridge Station erreichten, und halb elf, als wir zu viert am Bahnsteig von Beckenham ausstiegen. Eine Fahrt von einer halben Meile brachte uns zu The Myrtles – einem großen, dunklen Haus, das auf eigenem Grund etwas abseits der Straße stand. Hier verabschiedeten wir unseren Wagen und gingen gemeinsam die Auffahrt hinauf.

»Die Fenster sind alle dunkel«, bemerkte der Inspektor. »Das Haus scheint verlassen.«

»Unsere Vögel sind ausgeflogen, das Nest ist leer«, sagte Holmes.

»Woher wissen Sie das?«

»Im Laufe der letzten Stunde ist eine mit schwerem Gepäck beladene Kutsche von hier weggefahren.«

Der Inspektor lachte. »Ich sah die Radspuren im Schein der Torlampe, aber wo kommt das Gepäck ins Spiel?«

»Sie haben vielleicht bemerkt, dass die gleichen Radspuren auch in die andere Richtung verlaufen. Doch die zur Straße führenden sind sehr viel tiefer – so viel, dass wir mit Gewissheit sagen können, dass die Kutsche ein sehr beträchtliches Gewicht trug.«

»Das ist mir eine Spur zu hoch«, sagte der Inspektor mit einem Schulterzucken. »Die Tür wird nicht leicht aufzubrechen sein, aber wir versuchen es, falls wir uns kein Gehör verschaffen können.«

Er hämmerte laut mit dem Türklopfer und zog an der Glocke, doch ohne jeden Erfolg. Holmes hatte sich davongeschlichen, kam aber nach wenigen Minuten zurück.

»Ein Fenster ist jetzt offen«, sagte er.

»Es ist ein Segen, dass Sie aufseiten der Polizei und nicht gegen sie stehen, Mr Holmes«, bemerkte der Inspektor, als er sah, wie geschickt mein Freund den Verschluss entriegelt hatte. »Tja, ich glaube, unter den gegebenen Umständen dürfen wir ohne Einladung eintreten.«

Einer nach dem anderen kletterten wir in einen großen Raum, der offensichtlich jener war, in dem Mr Melas sich befunden hatte. Der Inspektor hatte seine Laterne angezündet, und in ihrem Licht konnten wir die beiden Türen, den Vorhang, die Lampe und die japanische Rüstung erkennen, so wie er es beschrieben hatte. Auf dem Tisch standen zwei Gläser, eine leere Brandyflasche und die Reste einer Mahlzeit.

»Was ist das?«, fragte Holmes plötzlich.

Wir standen alle still und lauschten. Ein leises, ächzendes Geräusch kam von irgendwoher über uns. Holmes stürzte zur Tür und hinaus in die Vorhalle. Der grässliche Laut kam von oben. Er jagte hinauf, der Inspektor und ich dicht hinter ihm, während sein Bruder Mycroft so rasch folgte, wie sein massiger Leib es zuließ.

Im zweiten Stock sahen wir uns drei Türen gegenüber, und die unheilvollen Laute drangen aus der mittleren, mal in ein dumpfes Murmeln verebbend, dann wieder ansteigend zu einem schrillen Wimmern. Die Tür war verschlossen, aber der Schlüssel steckte von außen. Holmes stieß die Tür auf und stürmte hinein, war allerdings im Nu wieder draußen, die Hand an der Kehle.

»Holzkohle«, rief er. »Abwarten. Der Rauch wird sich verziehen.«

Wir spähten in den Raum und konnten sehen, dass das einzige Licht von einer trüben, blauen Flamme rührte, die auf einem kleinen Messingdreifuß in der Mitte züngelte. Sie warf einen fahlen, unnatürlichen Lichtkreis auf den Boden, während wir im Schatten dahinter schemenhaft zwei Gestalten erkannten, die an der Wand kauerten. Der offenen Tür entströmte ein fürchterlicher giftiger Qualm, der uns röcheln und husten machte. Holmes hastete zum Treppenabsatz, um frische Luft einzusaugen, dann stürmte er in das Zimmer, riss das Fenster auf und schleuderte den Messingdreifuß hinaus in den Garten.

»In einer Minute können wir rein«, keuchte er, als er wieder herausschoss. »Haben wir eine Kerze? Ich bezweifle, dass wir in dieser Luft ein Streichholz anzünden können. Halt das Licht an die Tür, Mycroft, und wir holen sie raus – jetzt!«

Mit einem Satz waren wir bei den vergifteten Männern und zerrten sie hinaus in die beleuchtete Diele. Beide hatten blaue

Lippen und waren bewusstlos, ihre Gesichter geschwollen und blutunterlaufen, die Augen hervorgetreten. Ihre Züge waren tatsächlich derart verzerrt, dass wir in einem von ihnen, wären sein schwarzer Bart und die stämmige Gestalt nicht gewesen, beinahe nicht den griechischen Dolmetscher erkannt hätten, der sich erst vor ein paar Stunden im Diogenes Club von uns getrennt hatte. Hände und Füße waren ihm fest zusammengeschnürt, und über einem Auge trug er die Spuren eines wuchtigen Schlags. Der andere, in ähnlicher Weise gefesselt, war ein hochgewachsener Mann im letzten Stadium der Auszehrung, dessen Gesicht in groteskem Muster mit mehreren Streifen Heftpflaster bedeckt war. Er hatte aufgehört zu stöhnen, als wir ihn niederlegten, und ein kurzer Blick verriet mir, dass zumindest für ihn jede Hilfe zu spät gekommen war. Mr Melas aber lebte noch, und mithilfe von Ammoniak und Brandy hatte ich nach weniger als einer Stunde die Genugtuung, zu sehen, wie er die Augen aufschlug, und zu wissen, dass meine Hand ihn aus jenem finsteren Tal zurückgeholt hatte, in dem alle Pfade sich treffen.

Die Geschichte, die er zu erzählen hatte, war simpel, und sie bestätigte nur unsere eigenen Schlüsse. Sein Besucher hatte beim Betreten der Wohnung einen Totschläger aus dem Ärmel gezogen und ihm eine solche Angst vor dem augenblicklichen, unausweichlichen Tod eingeflößt, dass er ihn zum zweiten Mal entführen konnte. In der Tat war es eine fast hypnotische Wirkung, die der kichernde Schläger auf unseren glücklosen Sprachkenner gehabt hatte, denn dieser konnte nicht von ihm sprechen ohne zitternde Hände und bleiche Wangen. Man hatte ihn rasch nach Beckenham gebracht, wo er in einer zweiten Befragung, die noch dramatischer war als die erste, als Dolmetscher fungiert hatte, wobei die beiden Engländer ihrem Gefangenen mit dem sofortigen Tod gedroht hatten, sollte er sich ihren Forderungen nicht beugen. Schließlich sahen sie ihn gegen jedwede Drohung immun und warfen ihn wieder in sein Gefängnis, und nachdem sie Melas seinen Verrat vorgehalten hatten, der aus den Zeitungsannoncen ersichtlich war, betäubten sie ihn mit einem Stockhieb, und er konnte sich an nichts mehr erinnern, bis er uns über sich gebeugt sah.

Und das war der seltsame Fall des griechischen Dolmetschers, um dessen Aufklärung sich noch immer Geheimnisse ranken. Durch die Befragung des Gentleman, der die Annonce beantwortet hatte, konnten wir herausfinden, dass die unglückliche junge Lady aus einer wohlhabenden griechischen Familie stammte und bei Freunden in England zu Besuch gewesen war. Dort hatte sie einen jungen Mann namens Harold Latimer kennengelernt, der Macht über sie gewonnen und sie schließlich dazu überredet hatte, mit ihm zu fliehen. Ihre Freunde, über dieses Geschehen schockiert, hatten sich damit begnügt, den Bruder in Athen zu informieren, und dann ihre Hände in Unschuld gewaschen. Nach seiner Ankunft in England hatte der Bruder sich unbedacht in die Gewalt Latimers und seines Komplizen begeben, der Wilson Kemp hieß – ein Mann mit übelster Vorgeschichte. Als diese beiden herausfanden, dass er ihnen durch seine Unkenntnis der Sprache hilflos ausgeliefert war, hatten sie ihn gefangen gehalten und durch Grausamkeit und Hunger versucht, ihn dazu zu bringen, ihnen sein und seiner Schwester Vermögen zu überschreiben. Sie hatten ihn ohne Wissen des Mädchens im Haus behalten, wobei die Pflaster im Gesicht dazu dienten, ein Wiedererkennen zu erschweren, sollte sie je einen Blick auf ihn erhaschen. Ihre weibliche Intuition allerdings hatte die Maskerade sogleich durchschaut, als sie ihn beim Besuch des Dolmetschers zum ersten Mal sah. Das arme Mädchen war jedoch selbst eine Gefangene, denn es war niemand im Haus außer dem Mann, der als Kutscher tätig war, und seiner Frau, beide Werkzeuge der Verschwörer. Als die beiden Schurken merkten, dass ihr Geheimnis enthüllt war und ihr Gefangener sich nicht zwingen ließ, flohen sie binnen weniger Stunden mit dem Mädchen aus dem samt Mobiliar gemieteten Haus, nachdem sie zuvor, wie sie dachten, Rache genommen hatten an dem Mann, der ihnen getrotzt, wie auch an dem, der sie verraten hatte.

Monate später erreichte uns ein merkwürdiger Zeitungsausschnitt aus Budapest. Er berichtete, wie zwei Engländer, die mit einer Frau gereist waren, ein tragisches Ende gefunden hatten. Anscheinend waren beide erstochen worden, und die ungarische Polizei war der Meinung, sie seien in Streit geraten und hätten sich gegenseitig tödlich verletzt. Holmes allerdings ist, wie ich annehme, anderer Ansicht und hält bis zum heutigen Tag daran fest, dass, falls man das griechische Mädchen fände, sich vielleicht in Erfahrung bringen ließe, wie die Rache für das Unrecht an ihr und ihrem Bruder zustande kam.

Das letzte Problem

Schweren Herzens greife ich zur Feder, um in folgenden Worten ein letztes Mal die einzigartigen Talente festzuhalten, die meinen Freund Mr Sherlock Holmes auszeichneten. In unverbundener und, wie ich zutiefst empfinde, ganz und gar unzulänglicher Weise habe ich mich bemüht, Bericht zu geben von meinen seltsamen Erfahrungen an seiner Seite, von jenem Zufall, der uns zu Zeiten der »Studie in Scharlachrot« erstmals zusammenführte, bis hin zu seinem Eingreifen in der Sache »Flottenvertrag« – ein Eingreifen, durch das zweifellos eine ernste internationale Krise verhindert wurde. Ich hatte die Absicht, es dabei bewenden zu lassen und nichts über jenes Ereignis zu sagen, das in meinem Leben eine Leere hinterlassen hat, die der Lauf zweier Jahre kaum hat ausfüllen können. Meine Hand jedoch beugt sich dem Druck der kürzlich erschienenen Briefe, in denen Colonel James Moriarty das Andenken seines Bruders verteidigt, und mir bleibt keine andere Wahl, als der Öffentlichkeit die Tatsachen exakt so darzulegen, wie sie sich ereigneten. Ich allein kenne die ganze Wahrheit in dieser Sache, und ich bin überzeugt, dass die Zeit gekommen ist, da ihr Verschweigen keinerlei gutem Zweck mehr dient. Soviel ich weiß, hat es in der Tagespresse nur drei Berichte gegeben: den im *Journal de Genève* vom 6. Mai 1891, die Reuters-Meldung in den englischen Zeitungen vom 7. Mai und schließlich vor Kurzem die bereits erwähnten Briefe. Die beiden ersten Berichte waren äußerst kurz gehalten, während der dritte, wie ich nun zeigen werde, die Tatsachen vollkommen verdreht. Es ist meine Aufgabe, zum ersten Mal zu erzählen, was sich zwischen Professor Moriarty und Mr Sherlock Holmes tatsächlich ereignete.

Wie man sich vielleicht erinnert, hatte sich nach meiner Heirat und dem anschließenden Beginn meiner Privatpraxis das einst sehr traute Verhältnis zwischen Holmes und mir um einige Grade gewandelt. Noch immer kam er von Zeit zu Zeit zu mir, wenn er einen Begleiter für seine Ermittlungen wünschte, doch diese Gelegenheiten wurden immer seltener, sodass es im Jahr 1890, wie ich sehe, nur drei Fälle gab, zu denen ich überhaupt Aufzeichnungen habe. Über die Wintermonate dieses Jahres bis zum beginnenden Frühjahr 1891 erfuhr ich aus den Zeitungen, dass die französische Regierung ihn mit einer Sache von größter Wichtigkeit beauftragt hatte, und ich erhielt zwei Nachrichten von Holmes, gestempelt in Narbonne und Nîmes, denen ich entnahm, dass sein Aufenthalt in Frankreich vermutlich ein längerer sein werde. Und so war ich denn einigermaßen überrascht, ihn am Abend des 24. April in mein Sprechzimmer treten zu sehen. Mir fiel auf, dass er noch blasser und hagerer aussah als gewöhnlich.

»Ja, ich habe mich wohl etwas zu ungezügelt verausgabt«, bemerkte er, mehr in Beantwortung meines Blicks denn meiner Worte. »Ich stand in letzter Zeit ein wenig unter Druck. Haben Sie etwas dagegen, wenn ich Ihre Läden schließe?«

Das einzige Licht im Raum kam von der Lampe auf dem Tisch, an dem ich gelesen hatte. Holmes schob sich an der Wand entlang, schlug die Läden zu und verriegelte sie sorgfältig.

»Sie fürchten sich vor etwas?«, fragte ich.

»Tja, das tue ich.«

»Wovor?«

»Vor Luftgewehren.«

»Mein lieber Holmes, was soll das heißen?«

»Ich denke, Sie kennen mich gut genug, Watson, um zu wissen, dass ich keineswegs ein ängstlicher Mensch bin. Trotzdem ist es eher Dummheit als Mut, die Gefahr nicht erkennen zu wollen, wenn sie einem dicht auf den Fersen ist. Dürfte ich Sie um ein Streichholz bitten?« Er sog den Rauch seiner Zigarette ein, als suche er seine wohlig beruhigende Wirkung.

»Ich muss mich entschuldigen für den späten Besuch«, sagte er, »und ich muss ferner darum bitten, dass Sie mir ganz unbefangen gestatten, in Kürze Ihr Haus mit einer Kletterpartie über die hintere Gartenmauer zu verlassen.«

»Aber was hat das alles zu bedeuten?«, fragte ich.

Er streckte die Hand aus, und im Licht der Lampe sah ich, dass zwei seiner Knöchel aufgeplatzt waren und bluteten.

»Sie sehen, es ist kein luftiges Nichts«, sagte er lächelnd. »Im Gegenteil, es ist stofflich genug, dass ein Mann sich die Hand daran bricht. Ist Mrs Watson zuhause?«

»Sie ist auswärts zu Besuch.«

»Wirklich! Sie sind allein?«

»So kann man sagen.«

»Nun, das macht es mir umso leichter, Ihnen vorzuschlagen, dass Sie mit mir für eine Woche auf den Kontinent gehen.«

»Wohin?«

»Oh, irgendwohin. Das ist mir völlig gleich.«

In alldem lag etwas sehr Seltsames. Es war nicht Holmes' Art, interesselos Urlaub zu machen, und etwas an seinem blassen, erschöpften Gesicht verriet mir, dass seine Nerven aufs Höchste gespannt waren. Er sah die Frage in meinen Augen, legte die Fingerspitzen zusammen, stützte die Ellbogen auf die Knie und erläuterte er mir die Lage.

»Sie haben vermutlich noch nie von Professor Moriarty gehört?«, fragte er.

»Noch nie.«

»Da eben liegt das Geniale und Erstaunliche der Sache!«, rief er. »Der Mann unterwandert ganz London, und niemand hat je von ihm gehört. Das ist es, was ihn an die Spitze der Annalen des Verbrechens setzt. Ich sage Ihnen in vollem Ernst, Watson, sollte ich diesen Mann bezwingen und die Gesellschaft von ihm befreien können, ich sähe den Höhepunkt meiner Karriere erreicht und wäre bereit, mich einer gelasseneren Lebensführung hinzugeben. Unter uns, die jüngsten Fälle, in denen ich der Königsfamilie von Skandinavien und der Französischen Republik behilflich war, haben mich in die Lage versetzt, fortan ein mir höchst angenehmes ruhiges Leben zu führen und meine Aufmerksamkeit ganz meinen chemischen Forschungen zu widmen. Aber ich könnte nicht ruhen, Watson, ich könnte nicht still in meinem Sessel sitzen, wenn ich ahnte, dass ein Mann wie Professor Moriarty unbehelligt durch die Straßen Londons geht.«

»Was hat er denn getan?«

»Seine Karriere ist außergewöhnlich. Er stammt aus gutem Haus, genoss eine exzellente Ausbildung und besitzt von Natur aus phänomenale mathematische Fähigkeiten. Im Alter von einundzwanzig Jahren verfasste er eine Abhandlung über den binomischen Lehrsatz, die europaweit für Aufsehen sorgte. Kraft ihrer wurde er an den Lehrstuhl für Mathematik einer unserer kleineren Universitäten berufen und hatte, allem Anschein nach, eine brillante Karriere vor sich. Doch der Mann besaß angeborene Neigungen der teuflischsten Art. Ein Hang zum Verbrechen lag ihm im Blut, der, anstatt gemildert zu werden, von seinen außergewöhnlichen Geistesgaben verstärkt und unendlich viel gefährlicher gemacht wurde. In der Universitätsstadt rankten sich finstere Gerüchte um ihn, und schließlich war er gezwungen, seinen Lehrstuhl abzutreten und nach London zu ziehen, wo er sich als Lehrer beim Militär niederließ. So viel ist öffentlich bekannt, aber was ich Ihnen jetzt erzähle, habe ich selbst herausgefunden.

Wie Sie wissen, Watson, gibt es niemanden, der die höheren Verbrecherkreise Londons so gut kennt wie ich. Seit Jahren bin ich mir unentwegt einer Macht hinter den einzelnen Übeltätern bewusst, einer verborgenen, organisierenden Macht, die sich unaufhörlich dem Gesetz in den Weg stellt und die Missetäter unter ihr Schild nimmt. Immer wieder habe ich in den unterschiedlichsten Fällen – Fälschungen, Raubüberfälle, Morde – die Präsenz dieser Kraft gespürt und in vielen der unaufgeklärten Verbrechen, zu denen ich selbst nicht hinzugebeten wurde, Rückschlüsse auf ihr Wirken gezogen. Jahrelang habe ich mich bemüht, den Schleier, der sie umgab, zu durchdringen, und endlich kam der Zeitpunkt, da ich meinen Faden ergriff und ihm folgte, bis er mich, nach tausend listigen Windungen, zu Ex-Professor Moriarty führte, dem berühmten Mathematiker.

Er ist der Napoleon des Verbrechens, Watson. Er ist der Organisator der Hälfte alles Bösen in dieser Stadt und von nahezu allem, was ungeklärt bleibt. Er ist ein Genie, ein Philosoph, ein abstrakter Denker. Er hat einen erstklassigen Verstand. Er sitzt bewegungslos wie eine Spinne im Zentrum ihres Netzes, doch dieses Netz hat tausend Fäden, und das Zittern jedes einzelnen Fadens kennt er genau. Er selbst tut wenig. Er plant nur. Seine Handlanger aber sind zahlreich und glänzend organisiert. Soll ein Verbrechen begangen werden, sagen wir, ein Papier soll entwendet, ein Haus ausgeraubt, ein Mensch beseitigt werden – dann erfährt der Professor davon, die Sache wird organisiert und ausgeführt. Der Handlanger mag gefasst werden. In diesem Fall wird Geld für seine Kaution oder Verteidigung aufgebracht. Doch die zentrale Macht, die den Handlanger benutzt, wird niemals gefasst – nicht einmal verdächtigt. Das ist die Organisation, Watson, auf die ich schloss und deren Entlarvung und Zerschlagung ich meine gesamte Energie widmete.

Aber der Professor war von derart listig erdachten Sicherungen umgeben, dass es, was immer ich tat, unmöglich schien, genug Beweise zu sammeln, um vor Gericht zu überzeugen. Sie kennen meine Fähigkeiten, mein lieber Watson, und doch musste ich mir nach drei Monaten eingestehen, dass ich endlich auf einen mir geistig ebenbürtigen Widersacher gestoßen war. Mein Entsetzen über seine Verbrechen verkehrte sich in Bewunderung für seine Kunstfertigkeit. Doch schließlich machte er einen Fehler – nur einen winzig kleinen Fehler, aber größer, als er sich leisten konnte, da ich ihm auf den Fersen war. Ich sah meine Chance, und von diesem Punkt ausgehend habe ich mein Netz um ihn gesponnen, und jetzt ist es bereit, sich zuzuziehen. In drei Tagen – nächsten Montag also – wird das Ganze vorbei sein, und der Professor wird sich, mit allen wichtigen Mitgliedern seiner Bande, in den Händen der Polizei befinden. Dann wird es den größten Kriminalprozess des Jahrhunderts geben, samt Aufklärung von über vierzig mysteriösen Fällen, und schließlich für alle den Strang; doch wenn wir uns vorzeitig rühren, Sie verstehen, dann könnten sie uns entwischen, sogar noch im letzten Moment.

Nun, hätte ich all dies tun können, ohne dass Professor Moriarty davon Wind bekommen hätte, alles wäre bestens gewesen. Doch er war zu gerissen. Er registrierte jeden Schritt, den ich machte, um meine Schlingen um ihn zu legen. Wieder und wieder mühte er sich zu entkommen, doch jedes Mal war ich schneller als er. Ich sage Ihnen, mein Freund, wenn jemand detailliert Zeugnis von diesem stillen Wettstreit ablegen könnte, er würde als glanzvollstes Ausfall-und-Parade-Gefecht in die Geschichte detektivischer Ermittlungsarbeit eingehen. Noch nie bin ich in solche Höhen gestiegen, und noch nie hat ein Gegner mir so arg zugesetzt. Er stieß tief, doch ich umging ihn knapp. Heute früh sind die letzten Schritte erfolgt, und es fehlten nur noch drei Tage, um alles zu beenden. Ich saß in meinem Zimmer und dachte über die Sache nach, als sich die Tür öffnete und Professor Moriarty vor mir stand.

Meine Nerven sind recht zäh, Watson, aber ich muss gestehen, dass ich zusammenfuhr, als ich eben den Mann, der meine Gedanken beherrschte, just auf meiner Schwelle stehen sah. Sein Äußeres war mir durchaus vertraut. Er ist überaus groß und dünn, seine Stirn wölbt sich weiß und kuppelförmig vor, seine Augen sind tief in den Schädel gesunken. Er ist glatt rasiert, blass und wirkt asketisch, in seinen Zügen hat sich etwas Professorales bewahrt. Seine Schultern sind eingefallen vom vielen Studium, sein Kopf ist nach vorn gereckt und pendelt ständig langsam und auf wunderlich reptilienhafte Weise hin und her. Er starrte mich an, mit großer Neugier in seinen zusammengekniffenen Augen.

›Ihre Stirnpartie ist weniger ausgeprägt, als ich erwartet hatte‹, sagte er endlich. ›Es ist eine gefährliche Angewohnheit, mit geladenen Feuerwaffen zu hantieren, die sich in der Tasche des eigenen Morgenmantels befinden.‹

Tatsächlich hatte ich bei seinem Eintreten augenblicklich die äußerste Gefahr erkannt, in der ich schwebte. Der einzig denkbare Ausweg für ihn lag darin, mich zum Schweigen zu bringen. Rasch hatte ich den Revolver aus der Schublade in meine Tasche gleiten lassen und verbarg ihn unter dem Stoff. Auf seine Bemerkung hin zog ich die Waffe hervor und legte sie schussbereit auf den Tisch. Noch immer lächelte und blinzelte er, doch in seinen Augen lag etwas, das mich froh sein ließ, den Revolver in Reichweite zu haben.

›Sie kennen mich offenbar nicht‹, sagte er.

›Im Gegenteil‹, antwortete ich, ›ich denke, es ist völlig klar, dass ich Sie kenne. Bitte setzen Sie sich. Ich kann fünf Minuten für Sie erübrigen, sollten Sie etwas zu sagen haben.‹

›Alles, was ich zu sagen habe, ist Ihnen bereits durch den Kopf gegangen‹, sagte er.

›Dann vielleicht auch meine Replik durch den Ihren‹, erwiderte ich.

›Sie bleiben standfest?‹

›Absolut.‹

Er fuhr mit der Hand in die Tasche, und ich nahm den Revolver vom Tisch. Doch er zog bloß ein Notizbuch hervor, in das er einige Daten gekritzelt hatte.

›Sie sind mir am 4. Januar in die Quere gekommen‹, sagte er. ›Am 23. waren Sie mir eine Last; Mitte Februar machten Sie mir ernstliche Schwierigkeiten; Ende März waren meine Pläne vollends gestört; und jetzt, wo der April schon fast vorüber ist, finde ich mich durch Ihre unablässigen Verfolgungen in eine solche Lage gebracht, dass ich eindeutig Gefahr laufe, meine Freiheit zu verlieren. Die Situation wird zunehmend unerträglich.‹

›Wollen Sie mir irgendetwas damit sagen?‹, fragte ich.

›Sie müssen aufhören, Mr Holmes‹, sagte er und ließ sein Gesicht hin und her pendeln. ›Sie müssen wirklich, wissen Sie.‹

›Nach Montag‹, gab ich zurück.

›Na, na!‹, sagte er. ›Ich bin ganz sicher, ein Mann von Ihrer Intelligenz wird einsehen, dass diese Affäre nur einen Ausgang haben kann. Es ist unumgänglich, dass Sie sich zurückziehen. Sie sind in einer Weise zu Werke gegangen, dass uns nur noch ein einziger Ausweg bleibt. Zu sehen, wie Sie sich in diese Sache verbissen haben, war mir ein intellektueller Hochgenuss, und ich sage Ihnen aufrichtig, dass es mir Kummer bereiten würde, zu irgendwelchen extremen Maßnahmen gezwungen zu sein. Sie lächeln, Sir, aber ich versichere Ihnen, so ist es.‹

›Gefahr ist Teil meines Geschäfts‹, bemerkte ich.

›Hier geht es nicht um Gefahr‹, sagte er. ›Es geht um unvermeidliche Vernichtung. Sie stehen hier nicht bloß einer einzelnen Person im Weg, sondern einer mächtigen Organisation, deren vollen Umfang Sie, bei all Ihrer Klugheit, nicht haben erfassen können. Gehen Sie beiseite, Mr Holmes, oder man wird Sie zertreten.‹

›Ich fürchte‹, sagte ich und stand auf, ›dass ich über dem Vergnügen an diesem Gespräch wichtige Geschäfte vernachlässige, die andernorts auf mich warten.‹

Auch er erhob sich, sah mich schweigend an und schüttelte traurig den Kopf.

›Nun denn‹, sagte er schließlich. ›Wie schade, aber ich habe getan, was ich konnte. Ich kenne jeden Zug Ihres Spiels. Vor Montag können Sie nichts tun. Es ist ein Duell zwischen Ihnen und mir gewesen, Mr Holmes. Sie hoffen, mich auf die Anklagebank zu bringen. Ich sage Ihnen, ich werde niemals dort sitzen. Sie hoffen, mich zu besiegen. Ich sage Ihnen, Sie werden mich niemals besiegen. Sollten Sie clever genug sein, mich zu vernichten, dann seien Sie gewiss, dass ich Ihnen den gleichen Dienst erweisen werde.‹

›Sie haben mir mehrere Komplimente gemacht, Mr Moriarty‹, sagte ich. ›Lassen Sie mich eines zurückgeben, indem ich sage, dass ich, falls ich der ersteren Möglichkeit sicher wäre, die letztere im Interesse der Öffentlichkeit bereitwillig auf mich nähme.‹

›Das eine kann ich Ihnen versprechen, das andere nicht‹, knurrte er, wandte mir seinen gebeugten Rücken zu und verließ starräugig und blinzelnd den Raum.

Das war mein seltsames Gespräch mit Professor Moriarty. Ich gestehe, es hatte eine unerfreuliche Wirkung auf mein Gemüt. Seine sanfte, geschliffene Redeweise zeugt von einer Ernsthaftigkeit, die ein bloßer Schikaneur nie vermitteln könnte. Sie werden natürlich sagen: ›Warum keine polizeilichen Vorkehrungen gegen ihn treffen?‹ Der Grund ist, ich bin absolut sicher, dass seine Handlanger den Schlag führen werden. Ich habe handfeste Beweise, dass es so sein wird.«

»Man hat Sie bereits attackiert?«

»Mein lieber Watson, Professor Moriarty ist kein Mann, der lange fackelt. Gegen Mittag verließ ich das Haus, um in der Oxford Street ein Geschäft zu erledigen. Als ich an der Ecke, wo die Bentinck Street auf die Welbeck Street trifft, die Straße überquerte, raste ein zweispänniges Fuhrwerk wild um die Kurve und kam wie ein Blitz auf mich zu. Ich sprang auf den Gehsteig und rettete mich um den Bruchteil einer Sekunde. Das Fuhrwerk rauschte in die Marylebone Lane und war augenblicklich verschwunden. Danach blieb ich auf dem Trottoir, Watson, doch als ich die Vere Street entlangging, fiel ein Ziegelstein vom Dach eines der Häuser und zerbarst vor meinen Füßen. Ich rief die Polizei und ließ die Stelle untersuchen. Auf dem Dach stapelten sich Schieferplatten und Ziegel für irgendwelche Reparaturarbeiten, und man versuchte, mich zu überzeugen, der Wind habe einen von ihnen herunterstürzen lassen. Ich wusste es freilich besser, konnte jedoch nichts beweisen. Danach nahm ich eine Droschke und erreichte die Wohnung meines Bruders in der Pall Mall, wo ich den Tag verbrachte. Nun bin ich zu Ihnen gekommen, und auf dem Weg hierher hat mich ein Schläger mit einem Knüppel attackiert. Ich schlug ihn nieder, und die Polizei hat ihn in Gewahrsam; aber ich kann Ihnen mit mehr als absoluter Gewissheit sagen, dass man niemals auch nur die kleinste Verbindung entdecken wird zwischen dem Gentleman, an dessen Vorderzähnen ich mir die Knöchel aufgeschlagen habe, und dem zurückhaltenden Mathematiklehrer, der, so vermute ich, zehn Meilen von hier an einer Tafel Rechenaufgaben löst. Es wird Sie nicht wundern, Watson, dass ich beim Betreten Ihrer Räume als Erstes die Läden geschlossen habe und gezwungen war, Sie um Erlaubnis zu bitten, das Haus durch einen weniger auffälligen Ausgang als die Vordertür zu verlassen.«

Das letzte Problem

Ich hatte den Mut meines Freundes oft bewundert, doch niemals mehr als jetzt, als er ruhig dasaß und eine Serie von Vorfällen aufzählte, die sich zu einem Tag des Grauens gefügt haben mussten.

»Bleiben Sie über Nacht?«, fragte ich.

»Nein, mein Freund, Sie könnten in mir einen gefährlichen Gast haben. Meine Pläne stehen fest, und alles wird gut gehen. Die Dinge sind nun so weit gediehen, dass sie auch ohne meine Hilfe auf eine Verhaftung hinauslaufen, wenngleich für eine Verurteilung meine Anwesenheit nötig ist. Folglich ist klar, dass mir nichts Besseres bleibt, als mich aus dem Staub zu machen für die paar Tage, die noch ausstehen, bis die Polizei eingreifen kann. Es wäre mir daher ein großes Vergnügen, wenn Sie mit mir auf den Kontinent kämen.«

»Die Praxis ist ruhig«, sagte ich, »und ich habe einen hilfsbereiten Nachbarn. Ich wäre froh, Sie zu begleiten.«

»Und morgen früh aufzubrechen?«

»Falls nötig.«

»O ja, es ist überaus nötig. Dann sind dies Ihre Instruktionen, und ich bitte darum, mein lieber Watson, dass sie ihnen wortgetreu folgen, da Sie mit mir nun eine Doppelpartie gegen den gerissensten Schurken und das mächtigste Verbrechersyndikat Europas spielen. Jetzt hören Sie zu! Sie werden das ganze Gepäck, das Sie mitzunehmen gedenken, heute Nacht durch einen zuverlässigen Boten unadressiert zur Victoria Station bringen lassen. Morgen früh schicken Sie nach einem Hansom und tragen Ihrem Mann auf, weder den ersten noch den zweiten zu nehmen, der vorbeikommt. In diesen Hansom werden Sie einsteigen und zum Strand-Ausgang der Lowther-Arkaden fahren, wobei Sie dem Kutscher die Adresse auf einem Streifen Papier aushändigen, mit der Bitte, ihn nicht wegzuwerfen. Halten Sie Ihr Fahrgeld bereit, und sobald Ihre Droschke steht, spurten Sie durch die Arkaden und sehen zu, dass Sie die andere Seite um Viertel nach neun erreichen. Sie werden einen kleinen Brougham dicht am Bordstein warten sehen, gesteuert von einem Burschen in einem schweren, schwarzen Mantel mit rot gesäumtem Kragen. Dort steigen Sie ein, und Sie werden rechtzeitig für den Schnellzug zum Kontinent an der Victoria Station sein.«

»Wo treffe ich Sie?«

»Im Bahnhof. Das zweite Erste-Klasse-Coupé von vorn wird für uns reserviert sein.«

»Dann ist das Coupé unser Treffpunkt?«

»Ja.«

Ich bat Holmes vergebens darum, den Abend über zu bleiben. Mir war klar, dass er annahm, er werde Unheil über das Haus bringen, das ihm Obdach bot, und dass es dieser Gedanke war, der ihn zu gehen zwang. Mit ein paar hastigen Worten zu unseren Plänen für den folgenden Tag erhob er sich und ging mit mir hinaus in den Garten, kletterte über die Mauer, die an die Mortimer Street grenzt, und pfiff direkt nach einem Hansom, in dem ich ihn wegfahren hörte.

Am Morgen befolgte ich Holmes' Anordnungen wortgetreu. Ein Hansom wurde unter solchen Vorkehrungen beschafft, die verhindern würden, dass wir an eine für uns bereitgestellte Kutsche gerieten, und gleich nach dem Frühstück fuhr ich zu den Lowther-Arkaden, die ich durchquerte, so schnell ich konnte. Dort wartete ein Brougham mit einem ziemlich massigen, in einen dunklen Mantel gehüllten Fahrer, der, kaum war ich eingestiegen, die Peitsche schwang und in Richtung Victoria Station davonratterte. Nachdem ich ausgestiegen war, wendete er die Kutsche und jagte davon, ohne sich auch nur einmal nach mir umzusehen.

So weit war alles wunderbar gelaufen. Mein Gepäck erwartete mich, und ich hatte keinerlei Schwierigkeiten, das Coupé zu finden, von dem Holmes gesprochen hatte, umso weniger, da es das einzige im Zug war, das ein »Belegt«-Schild trug. Das Einzige, was mir jetzt noch Sorgen bereitete, war das Nichterscheinen von Holmes. Die Bahnhofsuhr zeigte nur noch sieben Minuten bis zur Abfahrt. Vergeblich hielt ich unter den Gruppen von Reisenden und sich Verabschiedenden Ausschau nach der schlanken Gestalt meines Freundes. Er war nirgends zu sehen. Ich verbrachte ein paar Minuten damit, einem ehrwürdigen italienischen Priester zu helfen, der in gebrochenem Englisch einem Schaffner verständlich zu machen versuchte, dass sein Gepäck nach Paris aufgegeben werden sollte. Dann kehrte ich, nachdem ich mich erneut umgeschaut hatte, in mein Coupé zurück, wo ich feststellte, dass der Schaffner mir der Reservierung zum Trotz meinen altersschwachen italienischen Freund als Reisegefährten zugeteilt hatte. Es war zwecklos, ihm erklären zu wollen, dass mich seine Gegenwart störte, denn mein Italienisch war noch schlechter als sein Englisch, und so zuckte ich ergeben die Schultern und hielt weiter besorgt Ausschau nach meinem Freund. Ein Schauer der Furcht packte mich, als mir der Gedanke kam, sein Fernbleiben könne bedeuten, dass es während der Nacht einen Anschlag gegeben hatte. Schon waren alle Türen geschlossen worden und der Pfiff war ertönt, als –

»Mein lieber Watson«, sagte eine Stimme, »Sie haben sich nicht einmal bequemt, Guten Morgen zu sagen.«

Fassungslos vor Verblüffung drehte ich mich um. Der betagte Geistliche hatte mir sein Gesicht zugewandt. Für einen Augenblick glätteten sich die Runzeln, die Nase hob sich vom Kinn, die vorstehende Unterlippe glitt zurück, der Mund stellte das Gemurmel ein, die matten Augen gewannen ihr Feuer zurück, die schlaffe Gestalt streckte sich. Im nächsten sackte der Körper wieder in sich zusammen, und Holmes war so rasch verschwunden, wie er gekommen war.

»Du lieber Himmel«, rief ich, »haben Sie mich erschreckt!«

»Wir müssen noch immer vorsichtig sein«, flüsterte er. »Ich habe Grund zu der Annahme, dass sie uns dicht auf den Fersen sind. Ah, dort ist Moriarty höchstselbst.«

Bei Holmes' Worten hatte der Zug sich bereits in Bewegung gesetzt. Ich schaute zurück und sah einen hochgewachsenen Mann, der sich wüst einen Weg durch die Menge bahnte und winkte, wie um den Zug anzuhalten. Es war jedoch zu spät, denn wir nahmen rasch Fahrt auf und hatten kurz danach den Bahnhof hinter uns gelassen.

»Trotz aller Vorkehrungen haben wir es nur äußerst knapp geschafft, wie Sie sehen«, sagte Holmes lachend. Er stand auf, warf die schwarze Soutane und den Hut ab, die sein Kostüm gewesen waren, und verstaute sie in einer Tasche.

»Haben Sie die Morgenzeitung gelesen, Watson?«

»Nein.«

»Dann wissen Sie nichts von der Baker Street?«

»Baker Street?«

»Sie haben letzte Nacht Feuer in unserer Wohnung gelegt. Es gab keinen großen Schaden.«

»Grundgütiger, Holmes, das ist untragbar!«

»Sie müssen meine Spur komplett verloren haben, nachdem ihr Knüppel-Mann verhaftet wurde. Sonst hätten sie nicht annehmen können, ich sei in meine Wohnung zurückgekehrt. Offenbar haben sie vorsichtshalber aber auch Sie beobachtet, und das hat Moriarty zur Victoria Station geführt. Ihnen ist auf der Fahrt dorthin nicht etwa ein Lapsus passiert?«

»Ich folgte exakt Ihren Anweisungen.«

»Fanden Sie Ihren Brougham?«

»Ja, er wartete schon.«

»Haben Sie Ihren Kutscher erkannt?«

»Nein.«

»Es war mein Bruder Mycroft. In einem Fall wie diesem ist es von Vorteil, wenn man zurechtkommt, ohne einen Mietling ins Vertrauen zu ziehen. Doch wir müssen planen, was wir jetzt gegen Moriarty unternehmen.«

»Da dies ein Schnellzug und die Abfahrt des Schiffs darauf abgestimmt ist, möchte ich annehmen, dass wir ihn sehr erfolgreich abgeschüttelt haben.«

»Mein lieber Watson, Sie haben offenbar nicht ganz verstanden, was ich meinte, als ich sagte, dass dieser Mann sich durchaus auf dem gleichen intellektuellen Niveau bewegt wie ich selbst. Sie glauben doch nicht, dass ich als Verfolger mich von einem derart kleinen Hindernis aufhalten ließe. Warum also sollten Sie ihn für so unbedarft halten?«

»Was wird er tun?«

»Was ich tun würde.«

»Und was würden Sie tun?«

»Einen Sonderzug mieten.«

»Aber der käme zu spät.«

»Keineswegs. Unser Zug hält in Canterbury; und das Schiff hat immer wenigstens eine Viertelstunde Verspätung. Dort wird er uns einholen.«

»Man könnte meinen, wir wären die Verbrecher. Lassen wir ihn bei seiner Ankunft verhaften.«

»Das würde der Arbeit von drei Monaten den Garaus machen. Wir würden den großen Fisch fangen, doch die kleineren würden uns rechts und links durch die Maschen stieben. Am Montag kriegen wir sie alle. Nein, eine Verhaftung ist ausgeschlossen.«

»Was dann?«

»Wir steigen in Canterbury aus.«

»Und dann?«

»Nun, dann müssen wir querfeldein nach Newhaven und von dort aus hinüber nach Dieppe. Moriarty wird wiederum tun, was ich tun würde. Er wird nach Paris weiterfahren, unser Gepäck ausfindig machen und zwei Tage beim Depot warten. Inzwischen werden wir uns ein paar Reisetaschen gönnen, in den Ländern, die wir durchqueren, die Handwerkszunft fördern und uns via Luxemburg und Basel in aller Ruhe in die Schweiz begeben.«

Also stiegen wir in Canterbury aus, nur um festzustellen, dass wir eine Stunde warten mussten, bevor wir einen Zug nach Newhaven nehmen konnten.

Ich sah noch immer recht wehmütig dem sich rasch entfernenden Gepäckwagen nach, der meine Garderobe beherbergte, als Holmes mich am Ärmel zog und an den Gleisen entlang in die Ferne wies.

»Sehen Sie, da ist er schon«, sagte er.

Weit entfernt stieg aus den Wäldern von Kent eine dünne Rauchfahne auf. Eine Minute später war ein Wagen samt Lokomotive zu sehen, der zügig die zum Bahnhof führende weite Biegung entlangglitt. Wir hatten kaum Zeit, uns hinter einem Stapel Gepäck zu verbergen, da flog er schon ratternd und donnernd an uns vorbei, einen Schwall heißer Luft in unsere Gesichter schleudernd.

»Da fährt er hin«, sagte Holmes, als wir den Wagen schaukelnd über die Weichen holpern sahen. »Sie merken, auch die Intelligenz unseres Freundes hat ihre Grenzen. Es wäre ein *coup de maître* gewesen, hätte er gefolgert, was ich folgern würde, und dementsprechend gehandelt.«

»Und was hätte er getan, falls er uns eingeholt hätte?«

»Es kann nicht den Hauch eines Zweifels geben, dass er einen Mordanschlag auf mich verübt hätte. Das allerdings ist ein Spiel mit zwei Spielern. Jetzt stellt sich die Frage, ob wir hier vorzeitig zu Mittag essen oder das Risiko eingehen zu verhungern, bevor wir das Büffet in Newhaven erreichen.«

An jenem Abend schafften wir es bis Brüssel, verbrachten dort zwei Tage und fuhren am dritten nach Straßburg weiter. Am Montagmorgen hatte Holmes der Londoner Polizei telegrafiert, und am späten Nachmittag lag in unserem Hotel eine Antwort für uns bereit. Holmes riss sie auf und schleuderte sie dann mit einem erbitterten Fluch in den Kamin.

»Ich hätte es wissen müssen!«, stöhnte er. »Er ist entkommen.«

»Moriarty?«

»Sie haben die ganze Bande festgenommen, nur ihn nicht. Er ist ihnen entwischt. Natürlich, nachdem ich das Land verlassen hatte, war keiner mehr da, um es mit ihm aufzunehmen. Ich dachte wirklich, ich hätte ihnen Trümpfe genug gelassen. Sie kehren wohl besser nach England zurück, Watson.«

»Warum?«

»Weil ich Ihnen ab sofort ein gefährlicher Begleiter wäre. Das Geschäft dieses Mannes ist dahin. Er ist verloren, sollte er nach London zurückgehen. Wenn ich seinen Charakter richtig einschätze, wird er all seine Energien darauf verwenden, sich an mir zu rächen. Er sagte so etwas bei unserem kurzen Gespräch, und ich glaube, er meinte es ernst. Ich empfehle Ihnen nachdrücklich, in Ihre Praxis zurückzukehren.«

Das war kaum die Art von Bitte, die jemand gewährt, der ebenso sehr alter Kämpe ist wie alter Freund. Wir saßen in einer Straßburger *salle à manger* und diskutierten die Frage eine halbe Stunde, doch noch am selben Abend setzten wir unsere Reise fort und machten uns stracks auf den Weg nach Genf.

Eine bezaubernde Woche lang wanderten wir das Rhône-Tal hinauf, überquerten, bei Leuk abzweigend, den noch tief verschneiten Gemmi-Pass und gelangten so über Interlaken nach Meiringen. Es war eine reizende Wanderung, unter uns das zarte Grün des Frühlings, über uns das jungfräuliche Weiß des Winters; doch mir war klar, dass Holmes nicht einen Moment lang den Schatten vergaß, der auf ihm lag. Sei's in den heimeligen Alpendörfern, sei's auf den einsamen Bergpässen, seine raschen, wachsamen Blicke und das scharfe Prüfen jedes einzelnen Gesichts, das uns entgegenkam, verrieten mir stets aufs Neue, dass er vollauf überzeugt war, wir könnten, wohin wir auch gingen, jener Gefahr nicht entgehen, die uns beharrlich auf Schritt und Tritt folgte.

Ich entsinne mich, wie einmal, als wir den Gemmi überquerten und am Ufer des melancholischen Daubensees entlanggingen, ein großer Felsbrocken, der sich aus dem Berggrat zu unserer Rechten gelöst hatte, herabpolterte und hinter uns in den See donnerte. Im Nu war Holmes auf den Grat gestürmt und reckte, auf einer erhöhten Spitze stehend, den Hals in alle Richtungen. Vergeblich versicherte ihm unser Führer, ein Steinschlag sei den Frühling über an dieser Stelle keineswegs etwas Ungewöhnliches. Er sagte nichts, sondern lächelte mir nur zu mit der Miene eines Mannes, der vor sich die Erfüllung dessen sieht, was er erwartet hatte.

Trotz all der Wachsamkeit war er dennoch nie gedrückter Stimmung. Im Gegenteil, ich kann mich nicht erinnern, ihn je zuvor so ausgelassen gesehen zu haben. Immer wieder kam er darauf zurück, dass er seine eigene Karriere mit Freuden zum Abschluss bringen würde, sobald er sicher sein könnte, dass die Gesellschaft von Professor Moriarty befreit wäre.

»Ich glaube, ich darf so weit gehen zu sagen, Watson, dass ich nicht völlig umsonst gelebt habe«, bemerkte er. »Würde meine Akte heute Abend geschlossen, ich könnte sie dennoch mit Gleichmut betrachten. Die Londoner Luft ist frischer geworden dank meiner Gegenwart. In über tausend Fällen habe ich, wie ich zu wissen glaube, meine Fähigkeiten nie auf der falschen Seite eingesetzt. Neuerdings reizt es mich mehr und mehr, die Probleme zu untersuchen, die in der Natur gründen, statt jener oberflächlicheren, für die der gekünstelte Zustand der Gesellschaft verantwortlich ist. Ihre Berichte wird es ab dem Tag nicht mehr geben, Watson, an dem ich meine Karriere mit der Ergreifung oder Vernichtung des gefährlichsten und fähigsten Verbrechers in Europa kröne.«

Es soll kurz und dennoch genau sein, jenes wenige, das mir noch zu erzählen bleibt. Es ist kein Gegenstand, bei dem ich gern verweile, und doch bin ich mir bewusst, dass ich die Pflicht habe, kein Detail auszulassen.

Am 3. Mai erreichten wir das kleine Dorf Meiringen, wo wir im Englischen Hof abstiegen, der damals von Peter Steiler dem Älteren geführt wurde. Unser Wirt war ein verständiger Mann und sprach hervorragend Englisch, nachdem er drei Jahre lang als Kellner im Grosvenor Hotel in London gearbeitet hatte. Auf seinen Rat hin machten wir uns am Nachmittag des 4. auf den Weg, in der Absicht, die Hänge zu überqueren und die Nacht im Örtchen Rosenlaui zu verbringen. Man hatte uns indes eingeschärft, am Reichenbachfall, der etwa auf halbem Weg bergan liegt, unter keinen Umständen vorbeizugehen, ohne den kleinen Umweg zu machen und ihn uns anzusehen.

Es ist in der Tat ein Ehrfurcht gebietender Ort. Der Wildbach, angeschwollen vom schmelzenden Schnee, stürzt in einen gewaltigen Abgrund, aus dem die Gischt heraufwallt wie Rauch aus einem brennenden Haus. Der Schacht, in den der Strom sich hinabwirft, ist eine riesige Klamm, gesäumt von glänzendem, kohlschwarzem Fels und sich verengend zu einem schäumenden, brodelnden Schlund von unermesslicher Tiefe, der übervoll ist und die Fluten des Stroms über seinen zerklüfteten Rand hinausspeit. Die unablässig hinabdonnernde Wand aus grünem Wasser und der unablässig heraufzischende dichte, flirrende Gischtvorhang machen einen Menschen schwindlig mit ihrem ständigen Wirbeln und Tosen. Wir standen nahe am Rand, spähten hinab auf den Schimmer des weit unter uns an den schwarzen Felsen zerberstenden Wassers und lauschten dem halb menschlichen Brüllen, das mit der Gischt aus dem Abgrund heraufdröhnte.

Der Pfad ist bis zur Mitte rund um den Fall in den Fels getrieben worden, um freie Aussicht zu bieten, doch er endet abrupt, und der Wanderer muss denselben Weg zurück nehmen. Wir hatten soeben kehrtgemacht, da sahen wir einen Schweizer Jungen den Pfad entlanglaufen, in seiner Hand einen Brief. Dieser trug den Stempel des Hotels, das wir gerade verlassen hatten, und war vom Wirt an mich adressiert. Wie es schien, war nur wenige Minuten nach unserem Aufbruch eine englische Lady eingetroffen, die sich im letzten Stadium der Schwindsucht befand. Sie habe den Winter in Davos Platz verbracht und sei nun unterwegs gewesen, um sich in Luzern ihren Freunden anzuschließen, als sie einen plötzlichen Blutsturz erlitten habe. Man denke, dass sie nur noch wenige Stunden zu leben habe, und es sei ihr gewiss ein großer Trost, einen englischen Arzt zu sehen, und, falls ich denn zurückkäme, etc. Der gute Steiler versicherte mir in einem Postskriptum, ich täte damit auch ihm einen sehr großen Gefallen, da die Lady sich strikt weigere, einen Schweizer Arzt zu sehen, und er nicht umhinkönne, eine schwere Verantwortung auf sich lasten zu fühlen.

Diese dringende Bitte konnte man nicht unbeachtet lassen. Es war unmöglich, den Wunsch einer Landsmännin abzuschlagen, die in der Fremde im Sterben lag. Allerdings hatte ich Bedenken, Holmes allein zu lassen. Schließlich kamen wir überein, dass er den jungen Schweizer Boten als Führer und Begleiter bei sich behalten sollte, während ich nach Meiringen zurückkehrte. Mein Freund würde ein Weilchen beim Wasserfall bleiben, wie er sagte, und dann langsam über den Hang nach Rosenlaui wandern, wo ich am Abend wieder zu ihm stoßen sollte. Als ich fortging, sah ich Holmes, den Rücken gegen den Fels gelehnt und die Arme verschränkt, in die tosenden Wasser hinabstarren. Das war das Letzte, was ich auf dieser Welt je von ihm sehen sollte.

Als ich den Abstieg fast geschafft hatte, schaute ich zurück. Von dieser Position aus war es unmöglich, die Wasserfälle zu sehen, doch ich konnte den gewundenen Pfad erkennen, der sich über die Schultern der Hänge schlängelt und zu ihm hinführt. Dort entlang, erinnere ich mich, lief sehr rasch ein Mann.

Ich sah seine schwarze Gestalt, vom Grün des Hintergrunds scharf umrissen. Er fiel mir auf, ebenso wie die Energie, mit der er ausschritt, doch während ich meiner Pflicht entgegeneilte, geriet er mir wieder aus dem Sinn.

Nach vielleicht etwas mehr als einer Stunde erreichte ich Meiringen. Der alte Steiler stand in der Vorhalle seines Hotels.

»Nun«, sagte ich, als ich heraufhastete, »ich hoffe, es geht ihr nicht schlechter?«

Ein Anflug von Erstaunen huschte über sein Gesicht, und beim ersten Zucken seiner Augenbrauen wurde mir das Herz in der Brust zu Blei.

»Sie haben das nicht geschrieben?«, fragte ich und zog den Brief aus der Tasche. »Es gibt keine kranke Engländerin im Hotel?«

»Bestimmt nicht!«, rief er. »Aber das ist ja der Stempel des Hotels! Ha, den muss dieser hochgewachsene Engländer geschrieben haben, der hereinkam, nachdem Sie gegangen waren. Er sagte ...«

Doch ich wartete die Erklärung des Wirts nicht ab. Zitternd vor Furcht lief ich bereits die Dorfstraße entlang und stürzte in

Richtung des Pfads, auf dem ich erst vor Kurzem herabgekommen war. Für den Abstieg hatte ich eine Stunde gebraucht. Trotz all meiner Anstrengungen waren zwei weitere vergangen, ehe ich mich erneut am Reichenbachfall befand. Holmes' Bergstock lehnte noch immer an jenem Felsen, an dem ich mich von ihm getrennt hatte. Von ihm selbst war nichts zu sehen, und ich rief vergeblich nach ihm. Die einzige Antwort war meine eigene Stimme, die in rollendem Echo von den Felswänden ringsum widerhallte.

Beim Anblick dieses Bergstocks wurde mir eiskalt und elend. Holmes war also nicht nach Rosenlaui gegangen. Er war auf jenem drei Fuß breiten Pfad geblieben, die steile Felswand auf der einen und den steilen Abgrund auf der anderen Seite, bis sein Feind ihn eingeholt hatte. Auch der junge Schweizer war verschwunden. Er hatte vermutlich im Sold Moriartys gestanden und die beiden Männer allein gelassen. Und dann, was war dann geschehen? Wer sollte uns sagen, was dann geschehen war?

Ein, zwei Minuten stand ich still, um mich zu sammeln, denn ich war ganz betäubt vor Entsetzen. Dann begann ich, an Holmes' Methoden zu denken und zu versuchen, sie zur Klärung dieser Tragödie einzusetzen. Ach, es war nur allzu leicht. Während unseres Gesprächs waren wir nicht bis zum Ende des Pfads gegangen, und der Bergstock markierte die Stelle, an der wir gestanden hatten. Die schwärzliche Erde wird von der ständig wirbelnden Gischt immerfort weich gehalten, und selbst ein Vogel würde Spuren auf ihr hinterlassen. Auf dem hinteren Teil des Pfades waren deutlich zwei Reihen von Fußabdrücken zu erkennen, beide führten von mir weg. Keine führte wieder zurück. Einige Yards vor dem Ende war die Erde zu einer schlammigen Stelle aufgewühlt, das Brombeergestrüpp und die Farne, die den Rand der Klamm säumten, waren niedergerissen und lehmverschmiert. Ich legte mich auf den Bauch und spähte hinunter, überall um mich die spritzende Gischt. Es war dunkler geworden, seit ich gegangen war, und ich konnte jetzt nur hier und da das Glitzern von Feuchtigkeit auf den schwarzen Felswänden erkennen und weit unten auf dem Grund des Schachts den Schimmer des berstenden Wassers. Ich schrie; doch nur jenes halb menschliche Brüllen des Falls drang bis hinauf an mein Ohr.

Wenigstens war es mir noch bestimmt, ein letztes Grußwort von meinem Freund und Kameraden zu erhalten. Ich sagte schon, dass sein Bergstock stehen gelassen worden war, an einen Felsen gelehnt, der in den Pfad hineinragte. Am oberen Teil dieses Brockens fiel mir etwas Glitzerndes ins Auge, und als ich die Hand hob, sah ich, dass es das silberne Zigarettenetui war, das er bei sich zu tragen pflegte. Ich nahm es an mich, woraufhin ein kleines quadratisches Papier zu Boden flatterte, das daruntergelegen hatte. Ich faltete es auseinander und stellte fest, dass es aus drei Blättern seines Notizbuchs bestand, die herausgerissen und an mich gerichtet waren. Es war charakteristisch für diesen Mann, dass die Adresse so präzise und die Schrift so sicher und klar war, als wären sie in seinem Arbeitszimmer geschrieben worden.

> MEIN LIEBER WATSON [stand da],
> ich schreibe diese wenigen Zeilen mit freundlicher Erlaubnis Mr Moriartys, der wartet, bis ich bereit bin für die abschließende Debatte jener Streitpunkte, die zwischen uns stehen. Er hat mir kurz die Methoden skizziert, mittels derer er der englischen Polizei entging und stets über unsere Bewegungen unterrichtet blieb. Sie bestätigen ohne Zweifel die sehr hohe Meinung, die ich mir von seinen Fähigkeiten gebildet hatte. Mit Freude denke ich daran, dass ich die Gesellschaft von allen künftigen Folgen seiner Gegenwart befreien kann, wenngleich ich befürchte, dass der Preis dafür meinen Freunden Schmerz bereiten wird, und Ihnen, mein lieber Watson, besonders. Ich habe Ihnen jedoch bereits erklärt, dass

meine Karriere ohnehin ihren Wendepunkt erreicht hatte und kein anderer möglicher Abschluss mir mehr zusagen könnte als dieser. In der Tat war mir, wenn ich Ihnen ein volles Geständnis ablegen darf, durchaus bewusst, dass der Brief aus Meiringen ein Schwindel war, und ich ließ Sie zu Ihrem Auftrag davongehen in der Überzeugung, dass eine Entwicklung dieser Art folgen würde. Sagen Sie Inspektor Patterson, dass die Papiere, die er zur Überführung der Bande benötigt, sich im Ablagefach M. befinden, in einem blauen Umschlag mit der Aufschrift »Moriarty«. Ich habe alle Verfügungen über mein Vermögen getroffen, ehe ich England verließ, und sie meinem Bruder Mycroft übergeben. Bitte richten Sie Mrs Watson meine Grüße aus, und erinnern Sie mich, mein lieber Freund,

als stets den Ihren

SHERLOCK HOLMES

Ein paar Worte mögen genügen, das wenige, was noch bleibt, zu erzählen. Eine Untersuchung durch Experten hat wenig Zweifel gelassen, dass ein handfester Streit der beiden Männer, wie unter solchen Umständen kaum anders zu erwarten, damit endete, dass sie einer den andern umklammernd über den Rand hinabstürzten. Jeder Versuch, die Leichen zu bergen, war absolut hoffnungslos, und dort, tief unten in jenem furchtbaren Kessel aus strudelndem Wasser und brodelndem Schaum, ruhen auf ewig der gefährlichste Verbrecher und der hehrste Verfechter des Rechts ihrer Generation. Der Schweizer Jüngling blieb verschwunden, und es kann keinen Zweifel geben, dass er einer der zahlreichen Handlanger war, die Moriarty beschäftigte. Was die Bande angeht, so wird der Öffentlichkeit noch in Erinnerung sein, wie umfassend die von Holmes gesammelten Beweise ihre Organisation entlarvten und wie schwer noch die Hand des

Toten auf ihr lag. Über ihr schreckliches Oberhaupt kamen im Prozess nur wenige Details zutage, und wenn ich jetzt gezwungen war, mich klar zu seiner Laufbahn zu äußern, dann wegen jener unbesonnenen Fürsprecher, die sich mühten, sein Andenken reinzuwaschen durch Angriffe auf den Mann, der für mich stets der beste und weiseste Mensch bleiben wird, den ich je gekannt habe.

Das leere Haus

Im Frühjahr des Jahres 1894 zeigte ganz London sich interessiert und die vornehme Welt sich bestürzt angesichts der Ermordung des Ehrenwerten Ronald Adair, die unter höchst ungewöhnlichen und unerklärlichen Umständen geschah. Die Öffentlichkeit kennt bereits jene Einzelheiten des Verbrechens, die bei der polizeilichen Untersuchung zutage kamen, doch wurde dabei ein Gutteil verschwiegen, da der Fall für die Anklage so überwältigend klar lag, dass es nicht notwendig war, sämtliche Fakten offenzulegen. Erst jetzt, knapp zehn Jahre später, ist es mir erlaubt, die fehlenden Glieder zu liefern, die diese bemerkenswerte Ereigniskette vervollständigen. Schon das Verbrechen an sich war von Interesse, doch galt mir dieses Interesse nichts im Vergleich zu dem unbegreiflichen Nachspiel, das mir den größten Schock und Überraschungseffekt meines aufregenden Lebens bescherte. Selbst jetzt, nach so langer Zeit, zittere ich bei dem Gedanken daran und fühle aufs Neue die jähe Flut von Freude, Erstaunen und Ungläubigkeit, die meinen Geist schier überschwemmte. Ich möchte jenem Publikum, das einiges Interesse an den flüchtigen Einblicken gezeigt hat, die ich ihm gelegentlich in die Gedanken und Taten eines ganz außergewöhnlichen Mannes gewährt habe, sagen, es möge mich nicht dafür tadeln, dass ich ihm mein Wissen nicht mitgeteilt habe, denn ich würde dies für meine erste Pflicht gehalten haben, wenn nicht ein striktes Verbot aus seinem Mund mich zurückgehalten hätte, das erst am Dritten des vorigen Monats aufgehoben wurde.

Man kann sich vorstellen, dass meine enge Vertrautheit mit Sherlock Holmes mich in den Bann des Verbrechens gezogen hatte und dass ich es nach seinem Verschwinden niemals versäumte, die verschiedenen Fälle, die öffentlich wurden, aufmerksam zu verfolgen. Mehr als einmal versuchte ich sogar, zu meiner privaten Befriedigung seine Methoden anzuwenden, wenn auch mit wenig Erfolg. Nichts jedoch reizte mich derart wie jene Tragödie des Ronald Adair. Als ich die gerichtlichen Zeugenaussagen las, die zu einem Schuldspruch wegen vorsätzlichen Mordes gegen einen oder mehrere Unbekannte führten, wurde mir der Verlust, den die Allgemeinheit durch Sherlock Holmes' Tod erlitten hatte, klarer als je zuvor. Einige Aspekte dieses sonderbaren Falls würden ihn, da war ich sicher, besonders gereizt haben, und die Arbeit der Polizei wäre ergänzt oder, wahrscheinlicher noch, beschleunigt worden von dem geschulten Auge und wachen Verstand des besten Kriminalisten Europas. Tag für Tag, während ich zu meinen Visiten fuhr, überdachte ich den Fall und fand keine Erklärung, die mir passend zu sein schien. Auf das Risiko, eine alte Geschichte wieder aufzuwärmen, werde ich nun den Tatbestand rekapitulieren, wie er der Öffentlichkeit bei Abschluss der Untersuchung bekannt war.

Der Ehrenwerte Ronald Adair war der zweite Sohn des Grafen von Maynooth, damals Gouverneur einer der australischen Kolonien. Adairs Mutter war aus Australien zurückgekehrt, um ihren grauen Star operieren zu lassen, und sie, ihr Sohn Ronald und ihre Tochter Hilda wohnten gemeinsam in der Park Lane 427. Der Jüngling bewegte sich in bester Gesellschaft und hatte, soweit bekannt, keine Feinde oder ausgeprägten Laster. Er war mit Miss Edith Woodley aus Carstairs verlobt gewesen, doch die Verlobung war wenige Monate zuvor in beiderseitigem Einvernehmen gelöst worden, und es gab keinerlei Anzeichen dafür, dass besonders tiefe Gefühle zurückgeblieben wären. Denn die noch verbleibende Zeit im Leben des Mannes verlief in engen und üblichen Bahnen, sein Gebaren war ruhig und sein Wesen leidenschaftslos. Trotzdem ereilte diesen unbeschwerten jungen Aristokraten der Tod, und zwar auf höchst seltsame und unerwartete Weise zwischen zehn und elf Uhr zwanzig am Abend des 30. März 1894.

Ronald Adair spielte gern Karten – er spielte ständig, doch niemals um Einsätze, die ihm wehtun konnten. Er war Mitglied des Baldwin-, des Cavendish- und des Bagatelle-Kartenclubs. Es zeigte sich, dass er am Tag seines Todes nach dem Dinner im letztgenannten Club einen Rubber Whist gespielt hatte. Am Nachmittag hatte er ebenfalls dort gespielt. Die Aussagen seiner Mitspieler – Mr Murray, Sir John Hardy und Colonel Moran – ergaben, dass Whist gespielt wurde und das Kartenglück sich ziemlich gleichmäßig verteilte. Adair hatte ungefähr fünf Pfund verloren, nicht mehr. Sein Vermögen war beträchtlich, und ein Verlust wie dieser konnte ihn keinesfalls in Verlegenheit bringen. Er hatte fast täglich in diesem oder jenem Club gespielt, doch er war ein besonnener Spieler und ging zumeist als Gewinner vom Tisch. Die Zeugenvernehmung ergab, dass er, gemeinsam mit Colonel Moran, einige Wochen zuvor rund 420 Pfund in einer Sitzung gewonnen hatte, und zwar von Godfrey Milner und Lord Balmoral. So viel zu seiner jüngsten Geschichte, wie die Untersuchung sie ans Licht brachte.

Am Abend des Verbrechens kam er Punkt zehn aus dem Club zurück. Seine Mutter und seine Schwester waren ausgegangen und verbrachten den Abend mit einer Verwandten. Die Bedienstete sagte unter Eid aus, sie habe ihn das vordere Zimmer im zweiten Stock betreten hören, das er gewöhnlich als Wohnzimmer nutzte. Sie habe dort den Kamin angezündet und ein Fenster geöffnet, als dieser qualmte. Aus dem Zimmer sei nichts zu hören gewesen bis zwanzig nach elf, als Lady Maynooth mit ihrer Tochter zurückkehrte. Da sie ihrem Sohn Gute Nacht sagen wollte, versuchte sie, in sein Zimmer zu gehen. Die Tür war von innen verschlossen, und auf ihr Rufen und Klopfen kam keine Antwort. Man holte Hilfe und brach die Tür auf. Der unglückliche junge Mann lag neben dem Tisch. Sein Kopf war von einer sich ausdehnenden Revolverkugel grässlich zerfetzt worden, doch im Zimmer war keinerlei Waffe zu finden. Auf dem Tisch lagen zwei Banknoten zu je 10 Pfund sowie 17 Pfund, 10 Shilling in Silber- und Goldmünzen, geordnet zu Stapeln verschiedener Beträge. Auf einem Blatt Papier standen zudem ein paar Zahlen und daneben die Namen einiger Clubfreunde, woraus man schloss, dass er vor seinem Tod damit beschäftigt war, eine Liste seiner Verluste und Gewinne beim Kartenspiel zu erstellen.

Eine sorgfältige Untersuchung der Umstände machte den Fall nur noch komplizierter. Vor allem fand sich kein Grund, weshalb der junge Mann die Tür von innen verschlossen haben sollte. Möglich war, dass der Mörder dies getan hatte und anschließend durch das Fenster entkommen war. Die Fallhöhe betrug allerdings mindestens zwanzig Fuß, und unten befand sich ein Krokusbeet in voller Blüte. Weder Blumen noch Erde trugen irgendwelche Spuren, ebenso wenig wie der schmale Rasenstreifen, der das Haus von der Straße trennte. Folglich hatte der junge Mann die Tür offenbar selbst verriegelt. Doch wie fand er dann den Tod? Zum Fenster konnte niemand hinaufklettern, ohne Spuren zu hinterlassen. Angenommen, jemand hatte durchs Fenster geschossen, das wäre ein wirklich bemerkenswerter Schütze gewesen, der mit einem Revolver eine so tödliche Wunde verursachen konnte. Außerdem ist die Park Lane eine belebte Durchgangsstraße, und knapp hundert Yards vom Haus entfernt befindet sich ein Droschkenstand. Niemand hatte einen Schuss gehört. Trotzdem gab es den Toten, und es gab die Revolverkugel, die sich wie ein Teilmantelgeschoss pilzartig verformt und so eine Wunde verursacht hatte, die zum sofortigen Tod geführt haben musste. Das also waren die Umstände des Park-Lane-Rätsels, dessen Aufklärung zusätzlich erschwert wurde durch das völlige Fehlen eines Motivs, da, wie ich schon sagte, niemand von irgendwelchen Feinen des jungen Adair wusste und auch niemand versucht hatte, Geld oder Wertsachen aus dem Zimmer zu entwenden.

Den ganzen Tag über dachte ich an diesen Fakten herum, bemüht, auf eine Theorie zu kommen, die alles in Einklang brächte, und jenen Weg des geringsten Widerstands zu finden, den mein armer Freund zum Ausgangspunkt jeder Untersuchung erklärt hatte. Ich gebe zu, ich machte kaum Forschritte. Am Abend schlenderte ich durch den Park und gelangte gegen sechs Uhr ans Oxford-Street-Ende der Park Lane. Eine Gruppe von Eckenstehern, die vom Gehsteig aus allesamt zu einem bestimmten Fenster hinaufstarrten, führte mich zu dem Haus, das ich mir ansehen wollte. Ein großer, hagerer Mann mit dunkler Brille, den ich stark im Verdacht hatte, ein Zivilpolizist zu sein, erläuterte gerade seine ganz eigene Theorie, während die Übrigen sich um ihn drängten und ihm zuhörten. Ich ging so nah an ihn heran, wie ich konnte, doch seine Bemerkungen schienen mir absurd, und so zog ich mich reichlich verärgert wieder zurück. Dabei stieß ich gegen einen älteren, missgestalteten Mann, der hinter mir gestanden hatte, und schlug ihm mehrere Bücher aus der Hand. Ich erinnere mich, dass ich einen der Titel sah, als ich sie aufhob, *Der Ursprung des Baumkultus*, und dass mir der Gedanke kam, der Bursche müsse irgendein armer Büchernarr sein, der als Händler oder aus Liebhaberei obskure Bände sammelte. Ich suchte mich für den Unfall zu entschuldigen, doch offenbar waren diese Bücher, die ich so unglücklich malträtiert hatte, in den Augen ihres Besitzers sehr kostbare Gegenstände. Verächtlich knurrend machte er auf dem Absatz kehrt, und ich sah seinen krummen Rücken und seinen weißen Backenbart im Gedränge verschwinden.

Meine Beobachtungen an der Park Lane 427 trugen zur Klärung des Rätsels, an dem ich interessiert war, kaum etwas bei. Das Haus war von der Straße durch eine niedrige Mauer mit Gitterzaun getrennt, das Ganze nicht höher als fünf Fuß. In den Garten konnte also jeder ganz leicht gelangen, das Fenster aber war absolut unerreichbar, da es weder ein Wasserrohr noch sonst etwas gab, was selbst dem Agilsten das Hinaufklettern ermöglicht hätte. Verwirrter denn je ging ich denselben Weg zurück nach Kensington. Ich war keine fünf Minuten in meinem Arbeitszimmer, als das Dienstmädchen eintrat und verkündete, dass eine Person mich zu sehen wünsche. Zu meinem Erstaunen war es kein anderer als mein seltsamer alter Büchersammler, dessen spitzes, runzliges Gesicht aus einem Rahmen weißen Haars hervorlugte und unter dessen rechtem Arm mindestens ein Dutzend seiner kostbaren Bücher klemmten.

»'s überrascht Sie, mich zu sehen, Sir«, sagte er mit seltsam krächzender Stimme.

Ich gab zu, das tat es.

»Tja, ich hab ein Gewissen, Sir, und dann sah ich Sie zufällig in dieses Haus gehen, als ich Ihnen nachhumpelte, und da dachte ich mir, ich geh einfach rein, um diesen netten Gentleman zu besuchen und ihm zu sagen, dass, falls mein Benehmen etwas barsch war, ich ihm damit nichts Böses wollte und dass ich ihm sehr verbunden bin fürs Aufheben meiner Bücher.«

»Sie geben zu viel um eine Kleinigkeit«, sagte ich. »Darf ich fragen, woher Sie wussten, wer ich bin?«

»Na ja, Sir, falls das nicht zu forsch klingt, ich bin ein Nachbar von Ihnen, Sie finden meinen kleinen Buchladen Ecke Church Street und sind herzlich willkommen, sage ich Ihnen. Vielleicht sammeln Sie ja selbst, Sir. Hier sind *Englands Vögel* und *Catull* und *Der Heilige Krieg* – Schnäppchen, eins wie's andere. Mit fünf Bänden könnten Sie just diese Lücke da auf dem zweiten Regal füllen. Wirkt doch unordentlich, oder nicht, Sir?«

Ich wandte den Kopf, um den Vitrinenschrank hinter mir anzusehen. Als ich mich wieder umdrehte, stand Sherlock Holmes vor meinem Schreibtisch und lächelte mir zu. Ich sprang auf, starrte ihn einige Sekunden in äußerster Verblüffung an, und dann muss ich wohl zum ersten und letzten Mal in meinem Leben ohnmächtig geworden sein. Jedenfalls wirbelte grauer Nebel vor meinen Augen, und als er aufklarte, fand ich meinen Kragen geöffnet und auf meinen Lippen den brennenden Nachgeschmack von Brandy. Holmes beugte sich über meinen Sessel, in seiner Hand seine Taschenflasche.

»Mein lieber Watson«, sagte die unvergessene Stimme, »ich muss Ihnen tausend Abbitten leisten. Ich ahnte ja nicht, dass Sie derart ergriffen sein würden.«

Ich packte ihn beim Arm.

»Holmes!«, rief ich. »Sind Sie es wirklich? Kann es tatsächlich sein, dass Sie leben? Ist es möglich, dass es Ihnen gelang, aus diesem schrecklichen Abgrund zu klettern?«

»Warten Sie einen Moment«, sagte er. »Sind Sie sicher, dass Sie sich stark genug fühlen, um über alles zu reden? Ich habe Ihnen durch mein unnötig dramatisches Wiedererscheinen einen ernsten Schock versetzt.«

»Mir geht es gut, aber fürwahr, Holmes, ich kann meinen Augen kaum trauen. Gütiger Himmel! Zu denken, dass Sie – ausgerechnet Sie – in meinem Arbeitszimmer stehen!« Wieder fasste ich ihn beim Ärmel und fühlte darunter den dünnen, sehnigen Arm. »Na, ein Geist sind Sie jedenfalls nicht«, sagte ich. »Mein alter Junge, ich bin überglücklich, Sie zu sehen. Setzen Sie sich, und erzählen Sie mir, wie Sie aus dieser furchtbaren Klamm lebendig herauskamen.«

Er nahm mir gegenüber Platz und zündete sich in seiner alten, nonchalanten Art eine Zigarette an. Er trug noch den schäbigen Gehrock des Buchhändlers, doch der Rest dieser Person lag als Stapel weißen Haars und alter Bücher auf dem Tisch. Holmes wirkte noch dünner und feinnerviger als früher, aber auf seinem Adlergesicht lag ein Anflug von Totenblässe, der mir verriet, dass er in letzter Zeit kein gesundes Leben geführt hatte.

»Ich bin froh, dass ich mich strecken kann, Watson«, sagte er. »Es ist kein Spaß, wenn ein groß gewachsener Mann sich stundenlang einen Kopf kleiner machen muss. Nun, lieber Freund, was diese Aufklärungen betrifft, liegt vor uns, falls ich um Ihre Mitwirkung bitten darf, eine harte und gefährliche Nacht voll Arbeit. Vielleicht sollte ich Ihnen besser erst dann über alles Bericht erstatten, wenn dieser Teil getan ist.«

»Ich platze vor Neugier. Ich würde es vorziehen, jetzt davon zu hören.«

»Sie begleiten mich heute Nacht?«

»Wann und wohin Sie wollen.«

»Wahrlich wie in alten Tagen. Wir werden noch Zeit haben, ein kleines Abendessen einzunehmen, ehe wir gehen müssen. Nun denn, zu jener Klamm. Ich hatte keine ernstlichen Schwierigkeiten, dort herauszukommen, und zwar aus dem ganz simplen Grund, weil ich nicht drin war.«

»Sie waren nicht drin?«

»So ist es, Watson, ich war nicht drin. Meine Nachricht an Sie war völlig authentisch. Ich hatte wenig Zweifel, das Ende meiner Karriere erreicht zu haben, als ich die etwas sinistre Gestalt des verstorbenen Professors Moriarty auf dem schmalen Pfad erkannte, der auf sicheres Terrain führte. In seinen grauen Augen las ich unerbittliche Entschlossenheit. Ich wechselte daher einige Worte mit ihm und bekam seine freundliche Erlaubnis, die kurze Nachricht zu schreiben, die Sie später erhielten. Ich ließ sie mit meinem Zigarettenetui und meinem Stock zurück und ging den Pfad entlang, Moriarty mir dicht auf den Fersen. Als ich das Ende erreichte, war die Hetzjagd vorüber. Er zog keine Waffe, sondern stürzte sich auf mich und schlang seine langen Arme um mich. Er wusste, er hatte ausgespielt, und war allein darauf aus, sich an mir zu rächen. Gemeinsam taumelten wir am Rand des Abgrunds entlang. Ich habe jedoch einige Kenntnisse im Bartitsu, der japanischen Art des Ringkampfs, die mir schon mehr als einmal äußerst nützlich gewesen ist. Ich entwand mich seinem Griff, und mit einem entsetzlichen Schrei trat er einige Sekunden lang wild um sich und umkrallte mit beiden Händen die Luft. Doch trotz all seiner Mühen konnte er die Balance nicht halten, und hinab ging's mit ihm. Ich spähte über den Rand und sah ihn lange fallen. Dann schlug er an einen Felsen, prallte ab und klatschte ins Wasser.«

Mit Verwunderung lauschte ich dieser Erklärung, die Holmes zwischen den Zügen an seiner Zigarette vorbrachte.

»Aber die Spuren!«, rief ich. »Ich sah mit eigenen Augen, dass zwei den Pfad hinabführten und keine von beiden wieder zurück.«

»Damit steht es wie folgt. In dem Moment, da der Professor verschwunden war, kam mir plötzlich der Gedanke, welch wirklich überaus glücklichen Zufall das Schicksal mir beschert hatte. Ich wusste, Moriarty war nicht der Einzige, der mir tödliche Rache geschworen hatte. Es gab wenigstens drei weitere Männer, deren Wunsch nach Vergeltung durch den Tod ihres Anführers nur noch gesteigert würde. Sie alle waren höchst gefährlich. Einer von ihnen würde mich sicher erwischen. Andererseits, wenn die ganze Welt von meinem Tod überzeugt wäre, würden sich diese Männer gewisse Freiheiten gönnen, sich eine Blöße geben, und früher oder später könnte ich sie vernichten. Dann wäre es Zeit für mich zu verkünden, dass ich noch unter den Lebenden weilte. Das Hirn arbeitet so blitzartig, dass ich glaube, all dies zu Ende gedacht zu haben, noch ehe Professor Moriarty den Grund des Reichenbachfalls erreicht hatte.

Ich stand auf und untersuchte die Felswand hinter mir. In Ihrem anschaulichen Bericht von der Sache, den ich einige Monate später mit großem Interesse las, behaupten Sie, die Steilwand sei glatt gewesen. Das entsprach nicht ganz den Tatsachen. Einige schmale Tritte zeigten sich, ebenso wie die Andeutung eines Vorsprungs. Die Felswand ist so hoch, dass es ein offenkundiges Ding der Unmöglichkeit war, sie ganz zu erklimmen, und genauso unmöglich war es, auf dem nassen Pfad zurückzugehen, ohne Spuren zu hinterlassen. Sicher, ich hätte rückwärtsgehen können, wie ich es bei ähnlichen Gelegenheiten schon getan habe, doch beim Anblick von drei Spuren in einer Richtung hätte man gewiss auf eine Täuschung geschlossen. Im Ganzen war es also am besten, die Kletterpartie zu riskieren. Keine angenehme Sache, Watson. Unter mir tobte der Wasserfall. Ich neige nicht zu Fantastereien, aber ich gebe Ihnen mein Wort, dass ich glaubte, Moriarty aus dem Abgrund nach mir schreien zu hören. Ein Fehltritt wäre tödlich gewesen. Mehr als einmal, wenn Grasbüschel plötzlich ausrissen oder meine Füße an den feuchten Felsspalten abglitten, dachte ich, ich sei verloren. Aber ich kämpfte mich aufwärts, und schließlich erreichte ich einen Vorsprung, mehrere Fuß tief und mit weichem grünen Moos bedeckt, auf dem ich unsichtbar und höchst komfortabel liegen konnte. Dort hatte ich mich ausgestreckt, als Sie, mein lieber Watson, mitsamt Ihrem Gefolge auf überaus sympathische und ineffiziente Weise die Umstände meines Todes untersuchten.

Nachdem jeder von Ihnen seine unvermeidlichen und vollkommen irrigen Schlüsse gezogen hatte, gingen Sie schließlich zurück zum Hotel, und ich war wieder allein. Ich hatte geglaubt, das Ende meiner Abenteuer erreicht zu haben, doch ein ganz unerwartetes Ereignis zeigte mir, dass noch so manche Überraschung auf mich wartete. Ein riesiger Felsblock stürzte donnernd von oben herunter, schlug auf den Pfad und prallte hinab in die Klamm. Einen Augenblick lang dachte ich, es sei Zufall gewesen, doch im nächsten erkannte ich, als ich nach oben schaute, den Kopf eines Mannes vor dem dämmernden Himmel, und ein weiterer Stein traf den Vorsprung, auf dem ich lag, einen Fuß neben meinem Kopf. Was das bedeutete, verstand sich von selbst. Moriarty war nicht allein gewesen. Ein Komplize – und schon dieser eine flüchtige Blick hatte mir gezeigt, was für ein gefährlicher Mann dieser Komplize war – hatte Wache gehalten, als der Professor mich angriff. Aus der Ferne, von mir unbemerkt, war er Zeuge des Todes seines Freundes und auch meiner Flucht gewesen. Er hatte gewartet, war dann von hinten auf den Gipfel der Felswand gestiegen und versuchte nun, das zu vollenden, was seinem Kameraden misslungen war.

Ich dachte nicht lange darüber nach, Watson. Wieder sah ich jenes grimmige Gesicht über die Klippe spähen, und ich wusste, dies war der Vorbote eines weiteren Steins. Ich hangelte mich zum Pfad hinunter. Ich glaube nicht, dass ich dies bei klarem Verstand hätte tun können. Es war hundertmal schwieriger als der Aufstieg. Doch mir blieb keine Zeit, an die Gefahr zu denken, denn schon wieder sauste ein Stein an mir vorbei, während ich mit den Händen am Rand des Vorsprungs hing. Auf halber Strecke rutschte ich ab, landete aber, durch göttliche Fügung, zerschunden und blutend auf dem Pfad. Schnurstracks rannte ich los, schaffte im Dunkeln zehn Meilen über die Berge und war eine Woche später in Florenz, mit der Gewissheit, dass niemand auf der Welt wusste, was aus mir geworden war.

Ich hatte nur einen Vertrauten – meinen Bruder Mycroft. Ich muss Sie vielmals um Verzeihung bitten, mein lieber Watson, aber es war von entscheidender Bedeutung, dass man mich für tot hielt, und Sie würden ganz gewiss keinen so überzeugenden Bericht über mein unglückliches Ende verfasst haben, hätten Sie es nicht selbst für wahr gehalten. Während der letzten drei Jahre habe ich mehrfach zur Feder gegriffen, um Ihnen zu schreiben, doch jedes Mal fürchtete ich, Ihre liebevolle Hochachtung vor mir werde Sie zu einer Unbedachtheit verleiten, die mein Geheimnis aufdecken würde. Aus demselben Grund wandte ich mich heute Abend von Ihnen ab, als Sie meine Bücher über den Haufen warfen, denn ich befand mich zu der Zeit in Gefahr, und jedes Zeichen der Überraschung oder einer Gefühlsregung Ihrerseits hätte Aufmerksamkeit auf meine Identität lenken sowie höchst beklagenswerte und irreparable Folgen zeitigen können. Was Mycroft betrifft, so musste ich mich ihm anvertrauen, um an das Geld zu kommen, das ich benötigte. In London liefen die Dinge nicht so gut, wie ich gehofft hatte, denn der Prozess gegen die Moriarty-Bande ließ zwei ihrer gefährlichsten Mitglieder, meine rachehungrigsten Feinde, auf freiem Fuß. Ich reiste deshalb zwei Jahre lang durch Tibet und vertrieb mir die Zeit, indem ich Lhasa besuchte und einige Tage beim obersten Lama verbrachte. Vielleicht haben Sie von den beachtenswerten Forschungsreisen eines Norwegers namens Sigerson gelesen, doch ich bin sicher, Ihnen kam dabei nie in den Sinn, dass Sie Nachrichten von Ihrem Freund erhielten. Danach durchquerte ich Persien, ging nach Mekka und stattete dem Kalifen von Khartum einen kurzen, aber interessanten Besuch ab, dessen Ergebnisse ich dem Außenministerium mitteilte. Nachdem ich nach Frankreich zurückkehrt war, verbrachte ich einige Monate mit Forschungen über die Derivate des Steinkohlenteers, die ich in einem Labor im südfranzösischen Montpellier durchführte. Als ich diese zu meiner Zufriedenheit abgeschlossen und erfahren hatte, dass jetzt nur noch einer meiner Feinde in London weilte, stand ich bereits im Begriff zurückzukehren, da wurden meine Vorbereitungen noch einmal beschleunigt durch das Bekanntwerden dieses höchst ungewöhnlichen Park-Lane-Rätsels, das mich nicht nur um seiner selbst willen reizte, sondern mir auch einige ganz spezielle persönliche Gelegenheiten zu bieten schien. Unverzüglich kam ich nach London, sprach höchstpersönlich in der Baker Street vor, stürzte Mrs Hudson in einen heftigen hysterischen Anfall und stellte fest, dass Mycroft meine Wohnung und meine Papiere genau so bewahrt hatte, wie sie immer gewesen waren. Und so kam es, mein lieber Watson, dass ich mich heute um zwei Uhr in meinem alten Sessel in meinem eigenen alten Zimmer wiederfand und mir nur wünschen konnte, ich hätte meinen alten Freund Watson in jenem anderen Sessel sehen können, den er so häufig geziert hat.«

Dies also war die merkwürdige Geschichte, der ich an jenem Aprilabend lauschte – eine Geschichte, die ich für völlig unglaublich gehalten hätte, wäre sie nicht bestätigt worden durch den leibhaftigen Anblick der großen, hageren Gestalt und des wachen, markanten Gesichts, die wiederzusehen ich nie geglaubt hatte. Auf irgendeine Weise hatte er von meinem eigenen schmerzlichen Verlust erfahren, und sein Mitgefühl zeigte sich eher in seinem Verhalten als in seinen Worten. »Arbeit ist das beste Antidot gegen Kummer, mein lieber Watson«, sagte er, »und heute Nacht habe ich für uns beide ein Stück Arbeit, das an sich schon, bringen wir es zu einem erfolgreichen Ende, das Dasein eines Mannes auf diesem Planeten rechtfertigen kann.« Ich bat ihn vergeblich, mir mehr zu sagen. »Sie werden genug hören und sehen, bevor die Nacht zu Ende geht«, erwiderte er. »Wir haben die vergangenen drei Jahre zu bereden. Das dürfte reichen bis halb zehn – wenn wir das denkwürdige Unternehmen Leeres Haus beginnen.«

Es war tatsächlich wie in alten Zeiten, als ich zu genannter Stunde neben ihm in einem Hansom saß, den Revolver in der Tasche, den Kitzel des Abenteuers in der Brust. Holmes blieb kühl und eisern und stumm. Wenn der Schein der Straßenlaternen seine strengen Züge streifte, sah ich, dass er gedankenverloren die Stirn runzelte und seine schmalen Lippen aufeinanderpresste. Ich wusste nicht, welches wilde Tier wir im düsteren Dschungel des kriminellen London zur Strecke bringen würden, doch das Verhalten dieses Meisterjägers machte mir mehr als deutlich, dass es sich um ein höchst bedrohliches Unterfangen handelte – wobei das sardonische Grinsen, das bisweilen seine asketisch umdüsterte Miene durchbrach, dem Ziel unserer Suche wenig Gutes verhieß.

Ich hatte angenommen, wir würden in die Baker Street fahren, doch Holmes hieß den Wagen an der Ecke Cavendish Square halten. Ich merkte, dass er beim Aussteigen überaus gründlich nach rechts und links blickte und sich an jeder weiteren Straßenecke mit äußerster Sorgfalt vergewisserte, dass er nicht verfolgt wurde. Unsere Route war in der Tat eigenartig. Holmes' Kenntnis der Londoner Seitenstraßen war außergewöhnlich, und so lief er nun rasch und mit sicheren Schritten durch ein Geflecht von Unterständen und Stallungen, von dem ich nicht einmal gewusst hatte, dass es existiert. Schließlich gelangten wir auf eine kleine Straße, die von alten, düsteren Häusern gesäumt war und uns zur Manchester Street und weiter zur Blandford Street führte. Hier bog er rasch in eine schmale Passage, betrat durch ein Holztor einen verlassenen Hof und öffnete dann mit einem Schlüssel die Hintertür eines Hauses. Wir gingen gemeinsam hinein, und er schloss hinter uns ab.

Im Innern war es stockdunkel, doch mir war klar, dass dieses Haus leer stand. Die nackten Dielen knarrten und knackten unter unseren Füßen, und meine ausgestreckte Hand berührte eine Wand, von der die Tapete in Streifen herabhing. Holmes' kalte, dünne Finger schlossen sich um mein Handgelenk und führten mich durch einen langen Flur, bis ich undeutlich das trübe Oberlicht über der Vordertür erkannte. Hier wandte Holmes sich plötzlich nach rechts, und kurz darauf standen wir in einem großen, quadratischen, leeren Raum, dessen Ecken in tiefem Schatten lagen, dessen Mitte jedoch vom Straßenlicht matt erleuchtet wurde. Es gab keine Lampe, und das Fenster war dick mit Staub bedeckt, sodass wir uns selbst im Innern nur schemenhaft wahrnehmen konnten. Mein Gefährte legte mir seine Hand auf die Schulter und führte seine Lippen dicht an mein Ohr.

»Wissen Sie, wo wir sind?«, flüsterte er.

»Das muss die Baker Street sein«, antwortete ich, durch das trübe Fenster starrend.

»Exakt. Wir sind in Camden House, gleich gegenüber unserem alten Quartier.«

»Aber warum sind wir hier?«

»Weil es einen so exzellenten Ausblick auf dieses pittoreske Gebäude bietet. Dürfte ich Sie bitten, mein lieber Watson, sich etwas näher ans Fenster zu begeben – aber passen Sie auf, dass Sie auf keinen Fall gesehen werden – und dann hinauf zu unserer alten Wohnung zu blicken, Ausgangspunkt so vieler unserer kleinen Abenteuer? Wir wollen sehen, ob meine dreijährige Abwesenheit mich gänzlich der Macht beraubt hat, Sie zu überraschen.«

Ich schlich nach vorn und schaute hinüber zu dem vertrauten Fenster. Als mein Blick darauf fiel, entfuhr mir ein Keuchen, dann ein Aufschrei der Verblüffung. Das Rouleau war heruntergezogen, und ein grelles Licht brannte im Zimmer. Der Schatten eines Mannes, der dort in einem Sessel saß, wurde in scharfen, schwarzen Konturen auf die hell erleuchtete Fensterscheibe geworfen. Die Haltung des Kopfes, die Kantigkeit der Schultern, die Strenge der Züge waren unverwechselbar. Das Gesicht war halb abgewandt, und die Wirkung war die eines jener schwarzen Scherenschnitte, die unsere Großeltern so gerne anfertigten. Es war ein perfektes Ebenbild von Holmes. Ich war derart verblüfft, dass ich sofort meine Hand ausstreckte, um mich zu vergewissern, dass der Mann selbst neben mir stand. Er schüttelte sich in stillem Gelächter.

»Nun?«, fragte er.

»Gütiger Himmel!«, rief ich. »Das ist fabelhaft.«

»Mich dünkt, nicht welkt das Alter noch stumpft die Gewohnheit meine grenzenlose Vielseitigkeit«, sagte er, und ich bemerkte in seiner Stimme den Stolz und die Freude, die der Künstler an seiner Schöpfung findet. »Es ist mir wirklich recht ähnlich, oder nicht?«

»Ich würde jederzeit schwören, Sie sind es.«

»Die Ehre für die Ausführung gebührt Monsieur Oscar Meunier aus Grenoble, der einige Tage über der Modellierung verbrachte. Es ist eine Wachsbüste. Den Rest arrangierte ich selbst, bei meinem Besuch in der Baker Street heute Nachmittag.«

»Aber warum?«

»Weil ich, mein lieber Watson, den allerstärksten Anlass hatte zu wünschen, dass gewisse Leute mich dort wähnen, während ich eigentlich anderswo bin.«

»Und Sie nahmen an, die Zimmer würden beobachtet?«

»Ich *wusste*, sie wurden beobachtet.«

»Von wem?«

»Von meinen alten Feinden, Watson. Von jener charmanten Gesellschaft, deren Oberhaupt im Reichenbachfall liegt. Vergessen Sie nicht, dass sie und nur sie wussten, dass ich noch am Leben war. Früher oder später, so glaubten sie, würde ich in meine Wohnung zurückkehren. Sie beobachteten sie ständig, und heute Morgen sahen sie mich ankommen.«

»Woher wissen Sie das?«

»Weil ich ihren Späher erkannte, als ich einen Blick aus dem Fenster warf. Er ist ein ziemlich harmloser Bursche, Parker mit Namen, Garrotteur von Beruf, und ein beachtlicher Maultrommelspieler. Er machte mir keine Sorgen. Große Sorgen allerdings machte mir die weitaus bedrohlichere Person hinter ihm, der Busenfreund Moriartys, der Mann, der die Felsbrocken über die Klippe warf, der gerissenste und gefährlichste Kriminelle Londons. Er ist der Mann, der heute Nacht Jagd auf mich macht, Watson, und dabei ist er völlig ahnungslos, dass wir Jagd auf *ihn* machen.«

Die Pläne meines Freundes wurden allmählich deutlicher. Von diesem günstigen Schlupfwinkel aus würden die Beobachter beobachtet und die Verfolger verfolgt werden. Jener kantige Schatten dort drüben war der Köder, wir waren die Jäger. Schweigend standen wir im Dunkeln beisammen und schauten den eilenden Gestalten zu, die mal hierhin, mal dorthin an uns vorüberzogen. Holmes blieb stumm und rührte sich nicht; doch ich konnte erkennen, dass er überaus angespannt war und den Strom der Passanten wachsam im Auge behielt. Die Nacht war rau und stürmisch, und der Wind pfiff schrill die lange Straße hinab. Viele Leute hasteten an uns vorbei, die meisten von ihnen tief in Schal und Mantel gehüllt. Ein- oder zweimal schien mir, ich hätte dieselbe Gestalt schon einmal gesehen, und besonders fielen mir zwei Männer auf, die in einem Hauseingang ein Stück die Straße hinauf anscheinend Schutz vor dem Wind suchten. Ich wollte die Aufmerksamkeit meines Gefährten auf sie lenken, doch er gab einen leisen Seufzer der Ungeduld von sich und starrte weiter hinaus auf die Straße. Mehr als einmal scharrte er mit den Füßen und trommelte jäh mit den Fingern gegen die Wand. Mir war klar, dass er unruhig wurde und dass seine Pläne nicht ganz so glatt aufgingen, wie er gehofft hatte. Schließlich, als es auf Mitternacht zuging und die Straße sich nach und nach leerte, schritt er in unbezähmbarer Erregung im Raum auf und ab. Gerade wollte ich etwas zu ihm sagen, da hob ich meinen Blick zu dem beleuchteten Fenster und erlebte aufs Neue eine Überraschung, fast ebenso groß wie zuvor. Ich packte Holmes am Arm und zeigte nach oben.

»Der Schatten hat sich bewegt!«, rief ich.

Tatsächlich war uns jetzt nicht mehr das Profil zugewandt, sondern der Rücken.

Drei Jahre hatten zweifellos weder die Schroffheit seines Temperaments geglättet noch die seiner Ungeduld mit einer weniger regen Intelligenz als der seinen.

»Natürlich hat er sich bewegt«, sagte er. »Bin ich denn ein derart alberner Stümper, Watson, dass ich eine offensichtliche Attrappe aufstelle und erwarte, einer der scharfsinnigsten Männer Europas werde sich von ihr täuschen lassen? Seit zwei Stunden sind wir in diesem Raum, und Mrs Hudson hat die Figur achtmal verrückt, also einmal jede Viertelstunde. Sie macht es von vorne, sodass ihr Schatten nie gesehen wird. Ah!« Er holte Luft mit einem scharfen, erregten Atemzug. Im trüben Licht sah ich, wie er den Kopf vorreckte, seine ganze Haltung starr vor Konzentration. Jene beiden Männer mochten sich noch immer in den Eingang ducken, doch sehen konnte ich sie nicht mehr. Alles war still und dunkel, ausgenommen das leuchtend gelbe Rouleau vor uns mit der schwarzen Silhouette in seiner Mitte. Wieder hörte ich in dieser tiefen Stille jenen dünnen, zischenden Laut, der von heftiger unterdrückter Aufregung kündete. Im nächsten Augenblick zog er mich in die schwärzeste Ecke des Zimmers zurück, und ich fühlte seine warnende Hand auf meinem Mund. Die Finger, die mich krampfhaft festhielten, zitterten. Aufgewühlter hatte ich meinen Freund nie erlebt, und doch lag die dunkle Straße noch immer einsam und unbewegt vor uns.

Dann plötzlich bemerkte auch ich, was seine schärferen Sinne längst wahrgenommen hatten. Ein leises, verstohlenes Geräusch drang an meine Ohren, nicht aus Richtung der Baker Street, sondern aus dem hinteren Teil desselben Hauses, in dem wir uns verborgen hielten. Eine Tür öffnete und schloss sich. Kurz darauf schlichen Schritte über den Gang – Schritte, die unhörbar sein sollten, die aber hohl durch das leere Haus schallten. Holmes duckte sich rückwärts gegen die Wand, und ich tat es ihm gleich, die Hand fest am Griff meines Revolvers. Ich starrte in die Düsternis und sah den Schemen eines Mannes, eine Spur schwärzer noch als die Schwärze der offenen Tür. Er blieb kurz stehen, dann schlich er vorwärts, geduckt, drohend, hinein in den Raum. Keine drei Yards war seine finstere Gestalt von uns entfernt, und ich hatte mich schon gewappnet, seinem Angriff zu begegnen, da wurde mir klar, dass er von unserer Gegenwart nichts ahnte. Er ging dicht an uns vorbei, stahl sich hinüber zum Fenster und schob es sehr sacht und geräuschlos einen halben Fuß nach oben. Als er sich bis auf die Höhe dieser Öffnung niederließ, fiel das Licht der Straße, nun nicht mehr getrübt vom staubigen Glas, voll auf sein Gesicht. Der Mann schien vor Erregung schier außer sich. Seine Augen funkelten wie Sterne, sein Gesicht zuckte wie unter Krämpfen. Er war ein älterer Mann mit einer dünnen, vorspringenden Nase, einer hohen, kahlen Stirn und einem riesigen angegrauten Schnauzbart. Seinen Klappzylinder hatte er auf den Hinterkopf geschoben, und die Brust eines Frackhemds schimmerte aus seinem offenen Mantel hervor. Sein Gesicht war hager und dunkel, von tiefen, grimmigen Furchen durchzogen. Er hielt etwas in der Hand, das ein Stock zu sein schien, doch als er es auf den Boden legte, klang es metallisch. Dann zog er einen sperrigen Gegenstand aus seiner Manteltasche und hantierte an irgendetwas herum, endend in einem lauten, scharfen Klicken, als wäre eine Feder oder ein Bolzen eingerastet. Weiterhin am Boden kniend, beugte er sich vor und drückte mit seinem ganzen Gewicht und aller Kraft auf irgendeinen Hebel, worauf ein lang gezogenes, wirbelndes, knirschendes Geräusch ertönte, das erneut in einem kräftigen Klicken endete. Dann richtete er sich auf, und ich sah, dass er eine Art Gewehr mit einem seltsam unförmigen Kolben in der Hand hielt. Er öffnete den Verschluss, steckte etwas hinein und ließ das Schloss zuschnappen. Dann kauerte er sich nieder und legte das Ende des Laufs auf den Sims des geöffneten Fensters, und ich sah seinen langen Schnauzbart über den Schaft herabhängen und sein Auge funkeln, während er durch das Visier starrte. Ich hörte einen leisen Seufzer der Genugtuung, als er den Kolben an seine Schulter schmiegte und jenes fabelhafte Ziel, den schwarzen Mann auf gelbem Grund, deutlich über dem Korn stehen sah. Für einen Moment blieb er starr und reglos. Dann spannte sein Finger sich um den Abzug. Es folgten ein sonderbares, lautes Zischen und ein lang anhaltendes, silbriges Klirren von zerbrochenem Glas. Im selben Moment sprang Holmes wie ein Tiger dem Scharfschützen in den Rücken und schleuderte ihn bäuchlings zu Boden. Der aber richtete sich sofort wieder auf und packte Holmes mit unbändiger Kraft bei der Kehle; doch ich schlug ihm den Griff meines Revolvers auf den Kopf, und er ging abermals zu Boden. Ich warf mich auf ihn, und während ich ihn festhielt, ließ mein Kamerad den schrillen Ruf einer Pfeife ertönen. Man hörte das Getrappel hastiger Schritte auf dem Pflaster, dann stürzten zwei Polizisten in Uniform und ein Beamter in Zivil durch den Vordereingang und ins Zimmer.

»Sind Sie das, Lestrade?«, fragte Holmes.

»Ja, Mr Holmes. Ich habe die Sache selbst übernommen. Schön, Sie wieder in London zu sehen, Sir.«

»Ich denke, Sie brauchen etwas inoffizielle Hilfe. Drei ungeklärte Morde in einem Jahr, das geht nicht, Lestrade. Beim Molesey-Rätsel allerdings griffen Sie etwas weniger als üblich – soll heißen, Sie hatten es ganz gut im Griff.«

Wir alle hatten uns erhoben, unser Gefangener schwer atmend, flankiert von zwei stämmigen Polizisten. Auf der Straße hatten sich bereits die ersten Schaulustigen versammelt. Holmes trat ans Fenster, schloss es und ließ das Rouleau herunter. Lestrade hatte zwei Kerzen hervorgeholt, die Polizisten hatten ihre Laternen aufgeblendet. Endlich konnte ich unseren Gefangenen eingehend betrachten.

Es war ein ungeheuer kraftvolles und doch sinistres Antlitz, das sich uns zuwandte. Angesichts der Stirn eines Philosophen und dem Kinn eines Genussmenschen musste der Mann mit großen Talenten zum Guten wie zum Bösen begonnen haben. Doch diese grausamen blauen Augen mit ihren hängenden, zynischen Lidern oder die grimmige, angriffslustige Nase und die bedrohliche, tief zerfurchte Stirn konnte man nicht ansehen, ohne darin die deutlichsten Warnsignale der Natur zu erkennen. Keinem von uns schenkte er Beachtung, nur Holmes' Gesicht behielt er fest im Blick, mit einem Ausdruck, in dem sich gleichermaßen Hass und Verblüffung mischten. »Du Teufel!«, murmelte er immer wieder. »Du schlauer, schlauer Teufel!«

»Ah, Colonel!«, sagte Holmes und richtete seinen zerknitterten Kragen. »›So find't am End sich Herz zum Herzen‹, wie es in dem alten Stück heißt. Ich glaube nicht, dass ich das Vergnügen hatte, Sie zu sehen, seit Sie mich mit jenen Aufmerksamkeiten hofierten, während ich auf dem Vorsprung über dem Reichenbachfall lag.«

Der Colonel starrte meinen Freund noch immer an wie in Trance. »Du listiger, listiger Teufel!«, war alles, was er sagen konnte.

»Ich habe Sie noch gar nicht vorgestellt«, sagte Holmes. »Dies, Gentlemen, ist Colonel Sebastian Moran, einst bei Ihrer Majestät Indischen Armee und der beste Großwildjäger, den unser Östliches Empire jemals hervorgebracht hat. Ich gehe doch recht in der Annahme, dass Ihre Strecke von Tigern nach wie vor unübertroffen ist?«

Der grimmige alte Mann sagte nichts, sondern starrte meinen Gefährten weiterhin trotzig an. Mit seinen wilden Augen und dem sich sträubenden Schnurrbart sah er selbst einem Tiger staunenswert ähnlich.

»Ich wundere mich, dass meine recht simple List einen so alten *shikari* täuschen konnte«, sagte Holmes. »Sie müsste Ihnen doch bekannt sein. Haben Sie nie ein junges Kitz unten an einen Baum gebunden, oben mit Ihrer Büchse gelauert und gewartet, bis der Köder Ihren Tiger heranlockt? Dieses leere Haus ist mein Baum, und Sie sind mein Tiger. Sie hatten vermutlich weitere Gewehre in Reserve für den Fall, dass mehrere Tiger auftauchen würden, oder in der unwahrscheinlichen Annahme, Sie könnten Ihr Ziel verfehlen. Dies«, er zeigte in die Runde, »sind meine weiteren Gewehre. Die Parallele ist vollkommen.«

Mit einem zornigen Knurren sprang Colonel Moran vorwärts, doch die Polizisten zerrten ihn zurück. Die rasende Wut in seinem Gesicht war schrecklich anzusehen.

»Ich gebe zu, eine kleine Überraschung hatten Sie doch für mich«, sagte Holmes. »Ich sah nicht voraus, dass auch Sie sich dieses leeren Hauses und dieses günstig gelegenen Vorderfensters bedienen würden. Ich hatte angenommen, Sie würden von der Straße aus operieren, wo mein Freund Lestrade und seine wackeren Männer auf Sie warteten. Doch abgesehen davon lief alles wie erwartet.«

Colonel Moran wandte sich an den Beamten.

»Meine Verhaftung mag rechtmäßig sein oder nicht«, sagte er, »aber es kann allemal keinen Grund geben, weshalb ich mich dem Gespött dieser Person aussetzen sollte. Wenn ich schon in der Hand des Gesetzes bin, dann lassen Sie die Dinge ihren gesetzlichen Weg gehen.«

»Nun, das klingt recht vernünftig«, sagte Lestrade. »Noch etwas, das Sie zu sagen haben, Mr Holmes, bevor wir gehen?«

Holmes hatte das wuchtige Luftgewehr vom Boden aufgehoben und untersuchte gerade seinen Mechanismus.

»Eine ausgezeichnete und einzigartige Waffe«, sagte er, »geräuschlos und von gewaltiger Kraft. Ich kannte von Herder, den blinden deutschen Mechaniker, der sie im Auftrag des verstorbenen Professors Moriarty konstruierte. Seit Jahren wusste ich um ihre Existenz, wenn ich auch nie zuvor die Gelegenheit hatte, sie in Händen zu halten. Ich empfehle sie ausdrücklichst Ihrer Aufmerksamkeit, Lestrade, und ebenso die Kugeln, die zu ihr gehören.«

»Seien Sie unbesorgt, Mr Holmes, wir kümmern uns darum«, sagte Lestrade, während sich die ganze Gesellschaft auf die Tür zubewegte. »Sonst noch etwas?«

»Nur die Frage, welche Anklage Sie vorzuziehen gedenken?«

»Welche Anklage, Sir? Tja, natürlich den versuchten Mord an Mr Sherlock Holmes.«

»Nicht doch, Lestrade. Ich habe nicht vor, in dieser Sache überhaupt in Erscheinung zu treten. Ihnen, und Ihnen allein, gebührt die Ehre für diese bemerkenswerte Verhaftung, die Sie vorgenommen haben. Ja, Lestrade, ich gratuliere Ihnen! Mit Ihrer üblichen trefflichen Mischung aus Schlauheit und Waghalsigkeit haben Sie ihn erwischt.«

»Ihn erwischt! Wen erwischt, Mr Holmes?«

»Den Mann, den sämtliche Polizeikräfte vergeblich gesucht haben – Colonel Sebastian Moran, der am dreißigsten des letzten Monats den Ehrenwerten Ronald Adair mit einer sich ausdehnenden Kugel aus einem Luftgewehr durch das geöffnete Vorderfenster im zweiten Stock der Park Lane Nr. 427 erschoss. Das ist die Anklage, Lestrade. Und nun, Watson, falls Sie die Zugluft von einem zerbrochenen Fenster nicht scheuen, dürfte Ihnen, denke ich, eine halbe Stunde in meinem Arbeitszimmer bei einer Zigarre ein lohnender Zeitvertreib sein.«

Unsere ehemaligen Zimmer waren unter der Aufsicht von Mycroft Holmes und in der unmittelbaren Obhut von Mrs Hudson unverändert geblieben. Mehr noch, ich bemerkte eine ungewöhnliche Sauberkeit, als ich eintrat, doch die vertrauten Wahrzeichen waren alle noch an ihrem Platz. Dort war die Chemie-Ecke mit dem säurefleckigen Brettertisch. Dort drüben im Regal stand jene Reihe eindrucksvoller Sammelalben und Nachschlagewerke, die zahlreiche unserer Mitbürger so gern verbrannt hätten. Die Diagramme, der Geigenkasten und der Pfeifenständer – selbst der persische Pantoffel, in dem der Tabak steckte – alles fiel mir in die Augen, als ich mich flüchtig umschaute. Zwei Personen waren im Zimmer – zum einen Mrs Hudson, die uns anstrahlte, als wir eintraten, zum anderen diese seltsame Attrappe, die im Lauf der Ereignisse dieses Abends eine so wichtige Rolle gespielt hatte. Es war ein wachsfarbenes Modell meines Freundes, so hervorragend gearbeitet, dass es eine makellose Nachbildung darstellte. Es stand auf einem kleinen Sockeltisch und war mit einem alten Morgenmantel von Holmes so drapiert, dass die Illusion von der Straße aus absolut perfekt war.

»Ich hoffe, Sie haben alle Vorsichtsmaßregeln befolgt, Mrs Hudson?«, fragte Holmes.

»Ich bin auf den Knien hingerutscht, Sir, so wie Sie's mir gesagt haben.«

»Ausgezeichnet. Sie haben Ihre Sache sehr gut gemacht. Konnten Sie sehen, wohin es die Kugel verschlagen hat?«

»Ja, Sir. Ich fürchte, sie hat Ihre hübsche Büste verdorben, denn sie ging direkt durch den Kopf und wurde an der Wand ganz platt gedrückt. Ich hob sie vom Teppich auf. Hier ist sie!«

Holmes hielt sie mir hin. »Eine weiche Revolverkugel, wie Sie sehen, Watson. Das zeugt von Genialität, denn wer würde erwarten, dass so etwas aus einem Luftgewehr abgeschossen wird? Schön, Mrs Hudson. Ich bin Ihnen für Ihre Hilfe sehr verbunden. Und nun, Watson, will ich Sie noch einmal in Ihrem alten Sessel sitzen sehen, denn es gibt mehrere Punkte, die ich gern mit Ihnen bereden würde.«

Er hatte den schäbigen Gehrock abgeworfen und war nun wieder ganz der Holmes von ehedem in seinem mausgrauen Morgenmantel, den er seinem Ebenbild abgenommen hatte.

»Die Nerven des alten *shikari* haben nichts an Stärke verloren, ebenso wenig wie seine Augen an Schärfe«, sagte er lachend, als er die zertrümmerte Stirn seiner Büste untersuchte.

»Genau mittig in den Hinterkopf und dann geradewegs durchs Hirn. Er war der beste Schütze Indiens, und ich vermute, es gibt in London kaum einen besseren. Sagt Ihnen der Name etwas?«

»Nein, tut er nicht.«

»Tja, nun, so steht's mit dem Ruhm! Aber Sie hatten ja, wenn ich mich recht entsinne, den Namen von Professor James Moriarty auch noch nie gehört, der immerhin einer der größten Köpfe des Jahrhunderts war. Holen Sie mir doch kurz meinen Index mit Biografien vom Regal.«

Er blätterte träge die Seiten um, während er sich im Sessel zurücklehnte und dicke Rauchwolken aus seiner Zigarre blies.

»Meine M-Kollektion ist vortrefflich«, sagte er. »Einer wie Moriarty würde schon genügen, um jedem Buchstaben Glanz zu verleihen, und dann haben wir noch Morgan, den Giftmischer, und Merridew abscheulichen Angedenkens, und Mathews, der mir im Wartesaal der Charing Cross Station den linken Eckzahn ausschlug, und hier schließlich ist unser Freund von heute Nacht.«

Er reichte das Buch herüber, und ich las:

Moran, Sebastian, Colonel. Unbeschäftigt. Ehemals 1. Bangalore Pionierregiment. Geboren 1840 in London. Sohn von Sir Augustus Moran, C.B., einst britischer Gesandter in Persien. Ausbildung in Eton und Oxford. Diente beim Jowaki- und beim Afghanistan-Feldzug in Charasiab (Kriegsberichte), Sherpur und Kabul. Verfasser von *Das Großwild des westlichen Himalaya* (1881); *Drei Monate im Dschungel* (1884). Adresse: Conduit Street. Clubs: Anglo-Indian, Tankerville, Bagatelle-Kartenclub.

Am Rand stand in Holmes' gestochener Handschrift: Der zweitgefährlichste Mann in London.

»Das ist erstaunlich«, sagte ich, als ich ihm den Band zurückgab. »Die Karriere dieses Mannes ist die eines ehrbaren Soldaten.«

»So ist es«, antwortete Holmes. »Bis zu einem gewissen Punkt machte er sich gut. Er war stets ein Mann mit eisernen Nerven, und in Indien erzählt man sich bis heute die Geschichte, wie er einem verwundeten menschenfressenden Tiger in ein Abwasserrohr nachgekrochen ist. Manche Bäume, Watson, wachsen bis zu einer bestimmten Höhe, und dann plötzlich treiben sie unansehnliche Auswüchse. Sie werden das oft auch bei Menschen sehen. Ich habe eine Theorie, nach der das Individuum in seiner Entwicklung die gesamte Riege seiner Ahnen verkörpert und eine solch plötzliche Wendung zum Guten oder Bösen auf irgendeinen starken Einfluss zurückgeht, den es irgendwo in der Ahnenreihe seines Stammbaums gegeben hat. Der Einzelne wird gewissermaßen zum Inbegriff seiner eigenen Familiengeschichte.«

»Das ist doch wohl ziemlich abseitig.«

»Na ja, ich bestehe nicht darauf. Was immer der Grund war, Colonel Moran geriet auf Abwege. Ohne jeden offenen Skandal brachte er Indien doch derart gegen sich auf, dass er unhaltbar wurde. Er nahm seinen Hut, kam nach London und machte sich erneut einen schlechten Namen. Damals wurde Professor Moriarty auf ihn aufmerksam, für den er eine Zeitlang den Stabschef gab. Moriarty versorgte ihn großzügig mit Geld und setzte ihn nur bei ein oder zwei überaus hochkarätigen Aufträgen ein, die kein Durchschnittskrimineller hätte ausführen können. Ihnen ist vielleicht der Tod von Mrs Stewart aus Lauder im Jahr 1887 erinnerlich. Nein? Nun, ich bin sicher, Moran steckte dahinter, doch beweisen ließ sich nichts. Der Colonel war so raffiniert getarnt, dass wir ihn selbst dann nicht belasten konnten, als die Moriarty-Bande zerschlagen war. Sie erinnern sich, wie ich damals, als ich zu Ihnen in Ihr Haus kam, aus Angst vor Luftgewehren die Läden schloss? Sicher verdächtigten Sie mich bizarrer Ideen. Ich wusste jedoch genau, was ich tat, da ich Kenntnis von der Existenz dieses bemerkenswerten Gewehrs hatte und noch dazu wusste, dass einer der besten Schützen der Welt es im Anschlag haben würde. Während wir in der Schweiz waren, folgte er uns gemeinsam mit Moriarty, und zweifellos war er es, der mir jene üblen fünf Minuten auf dem Felsvorsprung am Reichenbachfall bescherte.

Sie können sich denken, dass ich die Zeitungen während meines Aufenthalts in Frankreich mit einiger Aufmerksamkeit las, auf der Suche nach einer Möglichkeit, ihn zur Strecke zu bringen. Solange er in London frei herumlief, wäre mein Leben nicht wirklich lebenswert gewesen. Tag und Nacht hätte sein Schatten auf mir gelegen, und früher oder später würde er seine Chance bekommen haben. Was konnte ich tun? Vom Fleck weg erschießen konnte ich ihn nicht, sonst hätte ich selbst auf der Anklagebank gesessen. Mich an einen Ermittlungsrichter zu wenden war zwecklos. Die können nicht auf der Grundlage von etwas eingreifen, das ihnen als wilder Verdacht erschienen wäre. Also blieb mir nichts weiter zu tun. Ich behielt nur die Verbrechensmeldungen im Auge, denn ich wusste, über kurz oder lang würde ich ihn erwischen. Dann hörte ich vom Tod dieses Ronald Adair. Endlich war meine Stunde gekommen. Bei allem, was ich wusste, war es da nicht gewiss, dass Colonel Moran es getan hatte? Er hatte mit dem Jungen Karten gespielt, er hatte ihm vom Club bis nach Hause nachgestellt, er hatte ihn durchs offene Fenster erschossen. Es gab keinen Zweifel. Die Kugeln allein genügen, um seinen Kopf in die Schlinge zu legen. Ich kam sofort hierher. Der Späher bemerkte mich, und er würde, das wusste ich, die Aufmerksamkeit des Colonels auf meine Anwesenheit lenken. Dieser konnte nicht umhin, mein plötzliches Auftauchen auf sein Verbrechen zurückzuführen und schrecklich beunruhigt zu sein. Ich war sicher, dass er versuchen würde, mich *schnellstens* aus dem Weg zu räumen, und zu diesem Zweck seine mörderische Waffe mitbrächte. Ich stellte ihm eine vortreffliche Zielscheibe ins Fenster, und nachdem ich die Polizei hatte wissen lassen, sie werde vielleicht gebraucht – nebenbei, Watson, Sie entdeckten deren Anwesenheit in jenem Hauseingang mit untrüglicher Präzision –, nahm ich einen, wie mir schien, klug gewählten Beobachtungsposten ein, ohne auch nur zu ahnen, dass er sich dieselbe Stelle für seine Attacke aussuchen würde. Nun, mein lieber Watson, bleibt mir noch etwas zu erläutern?«

»Ja«, sagte ich. »Sie haben nicht deutlich gemacht, was Colonel Morans Motiv für die Ermordung des Ehrenwerten Ronald Adair war.«

»Ah! Mein lieber Watson, hier stoßen wir in jene Bereiche der Mutmaßung vor, wo selbst der logischste Geist irren kann. Anhand der vorliegenden Beweise mag jeder seine eigene Hypothese aufstellen, und Ihre könnte ebenso korrekt sein wie meine.«

»Demnach haben Sie eine aufgestellt?«

»Ich denke, es ist nicht schwer, die Fakten zu deuten. Im Lauf der Ermittlungen kam heraus, dass Colonel Moran und der junge Adair gemeinsam eine ansehnliche Summe Geldes gewonnen hatten. Nun, Moran spielte zweifellos falsch – das ist mir bereits seit Langem bekannt. Ich bin der Überzeugung, dass Adair am Tag des Mordes entdeckt hat, dass Moran betrog. Sehr wahrscheinlich hat er unter vier Augen mit ihm gesprochen und damit gedroht, ihn bloßzustellen, sollte er seine Mitgliedschaft im Club nicht freiwillig aufgeben und versprechen, nie wieder Karten zu spielen. Es ist unwahrscheinlich, dass ein Jüngling wie Adair sofort einen hässlichen Skandal auslösen würde, indem er einen wohlbekannten Mann bloßstellte, der so viel älter war als er selbst. Vermutlich handelte er so, wie ich annehme. Der Ausschluss aus seinen Clubs hätte für Moran, der von seinen unrechtmäßigen Kartengewinnen lebte, den Ruin bedeutet. Also ermordete er Adair, der gerade auszurechnen versuchte, wie viel Geld er selbst würde zurückerstatten müssen, da er nicht vom Falschspiel seines Partners profitieren wollte. Er verschloss die Tür, damit die Ladys ihn nicht überraschen und darauf bestehen konnten zu erfahren, was er mit diesen Namen und Münzen anfing. Klingt das plausibel?«

»Ich habe keinen Zweifel, dass Sie die Wahrheit getroffen haben.«

»Im Prozess wird es bestätigt oder widerlegt werden. Bis dahin, komme, was wolle, wird Colonel Moran uns nicht weiter belästigen. Das famose Luftgewehr von Herders wird das Scotland Yard Museum zieren, und Mr Sherlock Holmes hat aufs Neue die Freiheit, sein Leben der Untersuchung jener interessanten kleinen Probleme zu widmen, die das vielschichtige Londoner Leben so überreich darbietet.«

Seine Abschiedsvorstellung

Ein Sherlock-Holmes-Epilog

Es war neun Uhr am Abend des zweiten August – des furchtbarsten August der Weltgeschichte. Vielleicht hat mancher sich bereits gedacht, Gottes Fluch laste schwer auf einer verkommenen Welt, denn eine Ehrfurcht gebietende Stille und ein Gefühl dunkler Vorahnung hingen in der schwülen, unbewegten Luft. Die Sonne war längst untergegangen, nur ein letzter blutroter Spalt klaffte wie eine offene Wunde fern am westlichen Horizont. Darüber glänzten hell die Sterne, darunter schimmerten die Schiffslichter in der Bucht. Die beiden berühmten Deutschen standen an der steinernen Brüstung der Gartenpromenade, das lang gestreckte, niedrige Haus mit den wuchtigen Giebeln hinter sich, und blickten hinunter auf den in weitem Bogen verlaufenden Strand am Fuß des mächtigen Kreidefelsens, auf dem von Bork, einem umherziehenden Adler ähnlich, sich vor vier Jahren niedergelassen hatte. So standen sie, die Köpfe dicht beieinander, und unterhielten sich in leisem, vertraulichem Ton. Von unten hätte man die glühenden Enden ihrer Zigarren für die glimmenden Augen eines boshaften Dämons halten können, der im Dunkeln hinabspähte.

Ein bemerkenswerter Mann, dieser von Bork – ein Mann, der unter all den treuen Agenten des Kaisers kaum seinesgleichen hatte. Von vornherein hatten seine Talente ihn für die Mission in England, die bedeutendste aller Missionen, empfohlen, doch seit er sie übernommen hatte, waren diese Talente für jenes halbe Dutzend Personen weltweit, die wirklich um die Wahrheit wussten, immer noch offenkundiger geworden. Eine von ihnen war sein derzeitiger Gesellschafter, Baron von Herling, Oberster Rat der Gesandtschaft, dessen riesiger, 100 PS starker Benz die Landstraße blockierte, während er darauf wartete, seinen Besitzer wie auf Wolken zurück nach London zu tragen.

»Soweit ich den Lauf der Dinge einschätzen kann, dürften Sie noch binnen dieser Woche wieder in Berlin sein«, sagte der Gesandtschaftsrat gerade. »Wenn Sie dort ankommen, mein lieber von Bork, werden Sie, denke ich, überrascht sein von dem Empfang, den man Ihnen bereiten wird. Ich weiß nämlich zufällig, was man an höchster Stelle von Ihrer Arbeit in diesem Land hält.« Er war ein hünenhafter Mann, der Gesandtschaftsrat, stämmig, breit und hoch gewachsen, mit einer langsamen, gewichtigen Art zu sprechen, die in seiner politischen Laufbahn sein größter Vorzug war.

Von Bork lachte.

»Es ist nicht sehr schwer, sie zu täuschen«, bemerkte er. »Ein fügsameres, naiveres Volk lässt sich nicht denken.«

»Ich weiß nicht so recht«, sagte der andere gedankenvoll. »Die Menschen hier haben seltsame Grenzen, und man muss lernen, sie zu beachten. Gerade auf diese äußerliche Naivität kann ein Fremder hereinfallen. Zuerst hat man den Eindruck, sie seien durch und durch weich. Dann trifft man plötzlich auf etwas sehr Hartes und man weiß, dass man die Grenze erreicht und sich den Gegebenheiten anzupassen hat. Zum Beispiel haben sie ihre insularen Konventionen, die man schlicht im Blick haben *muss*.«

»Soll heißen, ›gute Umgangsformen‹ und dergleichen?« Von Bork seufzte wie jemand, der schon vieles erlitten hat.

»Soll heißen, britische Voreingenommenheit in all ihren sonderbaren Facetten. Als Beispiel darf ich einen meiner gröbsten Schnitzer anführen – vor Ihnen kann ich es mir ja erlauben, von meinen Schnitzern zu reden, denn Sie kennen meine Arbeit gut genug und wissen um meine Erfolge. Es war kurz nach meiner Ankunft. Man lud mich zu einer Wochenendgesellschaft ins Landhaus eines Kabinettsministers. Die Unterhaltung war verblüffend indiskret.«

Von Bork nickte. »Kenne ich«, sagte er trocken.

»Sehen Sie. Nun, ich schickte natürlich ein Resümee der Informationen nach Berlin. Bedauerlicherweise ist unser guter Kanzler ein wenig unbeholfen in derlei Belangen, und so ließ er eine Bemerkung fallen, aus der hervorging, dass er wusste, was besprochen worden war. Die Spur führte selbstredend direkt zu mir. Sie haben keine Vorstellung, wie sehr mir das geschadet hat. In dieser Sache gab es nichts Weiches an unseren britischen Gastgebern, das kann ich Ihnen versichern. Ich brauchte zwei Jahre, um die Wogen zu glätten. Nun, Sie dagegen mit Ihrer Sportlerpose —«

»Nein, nein, sprechen Sie nicht von Pose. Eine Pose ist etwas Künstliches. Das hier ist ganz natürlich. Ich bin ein geborener Sportsmann. Es gefällt mir.«

»Na, das macht es umso wirkungsvoller. Sie segeln mit ihnen, Sie jagen mit ihnen, Sie spielen Polo, Sie sind ihnen bei jedem Spiel gewachsen, Ihr Vierspänner gewinnt den Preis im Olympia. Ich habe sogar gehört, dass Sie so weit gehen, gegen die jungen Offiziere zu boxen. Und was ist das Resultat? Kein Mensch nimmt Sie ernst. Sie sind ein ›anständiger Kerl‹, ein ›ganz passabler Bursche für einen Deutschen‹, ein trinkfreudiger, nachtclubverrückter, flatterhafter, draufgängerischer Jüngling. Und die ganze Zeit über geht die Hälfte allen Unheils für England von diesem ruhigen Landhaus hier aus, und der sportliche Gutsherr ist der raffinierteste Geheimagent in Europa. Genial, mein lieber von Bork – genial!«

»Sie schmeicheln mir, Baron. Auch wenn ich gewiss behaupten darf, dass meine vier Jahre in diesem Land nicht unergiebig gewesen sind. Ich habe Ihnen nie mein kleines Lager gezeigt. Wenn wir einen Moment hineingehen wollen?«

Die Tür seines Arbeitszimmers öffnete sich direkt auf die Terrasse. Von Bork stieß sie auf, ging voran und betätigte den Schalter für das elektrische Licht. Dann schloss er die Tür hinter der massigen Gestalt, die ihm folgte, und zog sorgsam den schweren Vorhang vor das vergitterte Fenster. Erst als all diese Vorkehrungen getroffen und geprüft waren, wandte er sein sonnengebräuntes Adlergesicht seinem Gast zu.

»Einige meiner Papiere sind bereits fort«, sagte er. »Als meine Frau und der Hausstand sich gestern nach Vlissingen aufmachten, nahmen sie die weniger wichtigen mit. Für alle anderen muss ich freilich den Schutz der Botschaft in Anspruch nehmen.«

»Ihr Name steht schon in den Akten als Teil des persönlichen Gefolges. Es wird keinerlei Schwierigkeiten geben, weder für Sie noch für Ihr Gepäck. Natürlich ist es ebenso gut denkbar, dass wir nicht gehen müssen. England könnte Frankreich auch seinem Schicksal überlassen. Wir sind sicher, dass es zwischen ihnen kein bindendes Abkommen gibt.«

»Und Belgien?«

»Belgien ebenso.«

Von Bork schüttelte den Kopf. »Ich wüsste nicht, wie das zugehen sollte. Mit Belgien gibt es einen klaren Vertrag. Die Briten könnten solch eine Demütigung niemals verwinden.«

»Dafür hätten sie wenigstens für den Augenblick Frieden.«

»Aber ihre Ehre?«

»Na, na, Verehrtester, wir leben in utilitaristischen Zeiten. Ehre ist eine Idee aus dem Mittelalter. Außerdem ist England nicht vorbereitet. Es ist unbegreiflich, aber nicht einmal unsere Sonderkriegssteuer von fünfzig Millionen, die, sollte man meinen, unsere Absichten derart klargemacht hat, als hätten wir sie auf der Titelseite der *Times* annonciert, hat diese Leute aus ihrem Schlummer gerissen. Hier und da wird gefragt. Meine Aufgabe ist es, Antwort zu geben. Hier und da zeigt man sich auch irritiert. Meine Aufgabe ist, zu beschwichtigen. Aber ich kann Ihnen versichern: Was das Wesentliche anbelangt – den Vorrat an Munition, die Vorbereitung eines U-Boot-Angriffs, die Fertigung hochexplosiver Sprengstoffe – ist nichts vorbereitet. Wie also sollten die Engländer sich ins Spiel bringen, zumal wir ihnen solch ein Teufelsgebräu angerührt haben aus irischem Bürgerkrieg, fensterzerschlagenden Furien und weiß Gott was sie sonst noch mit den Gedanken daheim hält?«

»England muss an seine Zukunft denken.«

»Ah, das ist ein anderes Thema. Ich glaube, dass wir zukünftig unsere ganz eigenen konkreten Pläne mit dem Briten haben und dass Ihre Informationen für uns dabei mehr als entscheidend sein werden. Für Mr John Bull heißt es heute oder morgen. Falls ihm heute lieber ist, sind wir bestens gewappnet. Falls morgen, so werden wir noch besser gerüstet sein. Ich würde meinen, sie wären klüger beraten, mit Alliierten statt ohne zu kämpfen, aber das ist ihre Sache. Diese Woche ist ihre Schicksalswoche. Doch Sie sprachen gerade von Ihren Papieren.« Er setzte sich in einen Sessel, und das Licht glänzte auf seinem breiten, kahlen Schädel, während er gelassen seine Zigarre paffte.

In der gegenüberliegenden Ecke des geräumigen eichegetäfelten, von Büchern gesäumten Zimmers hing ein Vorhang. Als er beiseitegezogen war, zeigte sich ein großer, messingbeschlagener Safe. Von Bork löste einen kleinen Schlüssel von seiner Uhrkette, und nach aufwendigem Hantieren am Schloss ließ er die massive Tür aufschwingen.

»Schauen Sie!«, sagte er und trat mit einladender Geste etwas zurück.

Das Licht schien hell in den geöffneten Safe, und der Botschaftsrat starrte gebannt auf die Reihen prallvoller Fächer, mit denen das Innere ausgestattet war. Jedes Fach trug ein eigenes Etikett, und als er sie mit schnellem Blick überflog, las er eine lange Serie von Titeln wie »Furten«, »Hafenverteidigung«, »Flugzeuge«, »Irland«, »Ägypten«, »Festungen Portsmouth«, »Ärmelkanal«, »Rosyth« und vielen anderen mehr. Jedes Abteil strotzte nur so von Papieren und Plänen.

»Kolossal!«, rief der Botschaftsrat. Er legte seine Zigarre ab und applaudierte sacht mit seinen fleischigen Händen.

»Und all das in nur vier Jahren, Baron. Keine schlechte Ausbeute für einen trinkfreudigen, pferdeversessenen Landjunker. Doch das Juwel meiner Kollektion kommt erst noch, und die Fassung dafür ist schon vorbereitet.« Er deutete auf eine Lücke, über der die Aufschrift »Flottensignale« prangte.

»Sie haben doch bereits ein ansehnliches Dossier dazu.«

»Vollkommen überholt, Makulatur. Irgendetwas hat die Admiralität aufgeschreckt, sämtliche Codes sind geändert worden. Das war ein Tiefschlag, Baron – die ärgste Schlappe meines gesamten Feldzugs. Aber dank meines Scheckbuchs und des tüchtigen Altamont kommt heute Abend alles ins Lot.«

Der Baron schaute auf seine Uhr und gab einen kehligen Laut der Enttäuschung von sich.

»Tja, ich kann wirklich nicht länger warten. Sie können sich vorstellen, dass sich in Carlton Terrace derzeit einiges tut und wir alle auf unseren Posten sein müssen. Ich hatte gehofft, Nachrichten von Ihrem großen Coup mitbringen zu können. Hat Altamont keine Uhrzeit genannt?«

Von Bork schob ihm ein Telegramm zu.

Komme ganz bestimmt heute Abend und bringe neue Zündkerzen. ALTAMONT.

»Zündkerzen, hm?«

»Wissen Sie, er figuriert als Motorenexperte und ich habe eine volle Garage. In unserem Code trägt alles, was womöglich spruchreif wird, den Namen eines Ersatzteils. Sagt er Kühler, meint er Schlachtschiff, bei einer Ölpumpe einen Kreuzer und so fort. Zündkerzen sind Flottensignale.«

»Mittags in Portsmouth aufgegeben«, sagte der Botschaftsrat, indem er die Aufschrift untersuchte. »Nebenbei, was zahlen Sie ihm?«

»Fünfhundert Pfund für diese spezielle Sache. Natürlich bezieht er außerdem ein Gehalt.«

»Der gierige Schuft. Nützlich sind sie, diese Verräter, aber ich verüble ihnen ihr Blutgeld.«

»Ich verüble Altamont gar nichts. Er leistet hervorragende Arbeit. Bezahle ich ihn gut, wird er den Stoff wenigstens liefern, um es mit seinen Worten zu sagen. Im Übrigen ist er kein Verräter. Ich versichere Ihnen, unser pangermanischster Junker ist, was seine Gefühle gegenüber England betrifft, frommer als lammfromm verglichen mit einem wirklich verbitterten Irisch-Amerikaner.«

»Oh, ein Irisch-Amerikaner?«

»Würden Sie ihn sprechen hören, Sie würden nicht daran zweifeln. Glauben Sie's, manchmal verstehe ich ihn kaum. Er scheint dem Englischen des Königs ebenso den Krieg erklärt zu haben wie dem englischen König. Müssen Sie tatsächlich gehen? Er dürfte jeden Moment hier sein.«

»Ja. Bedaure, aber ich bin jetzt schon spät dran. Wir erwarten Sie morgen früh, und wenn Sie dann dieses Signalbuch durch die kleine Tür bei der Duke-of-York-Treppe getragen haben, können Sie ein triumphales *Finis* unter Ihr Werk in England setzen. Was! Tokaier!« Er wies auf eine dick versiegelte, staubbedeckte Flasche, die mit zwei hohen Gläsern auf einem Tablett stand.

»Darf ich Ihnen ein Glas anbieten, bevor Sie gehen?«

»Nein, danke. Aber das sieht nach einem Gelage aus.«

»Altamont hat ein Näschen für Wein und Gefallen an meinem Tokaier gefunden. Er ist ein empfindlicher Bursche und will mit Kleinigkeiten bei Laune gehalten werden. Ich muss ihn umgarnen, glauben Sie mir.« Sie waren wieder hinaus auf die Terrasse geschlendert bis zu deren entferntem Ende, wo unter der Hand des Chauffeurs der große Wagen des Barons bebte und tuckerte. »Das dort sind die Lichter von Harwich, nehme ich an«, sagte der Botschaftsrat und zog sich seinen Staubmantel über. »Wie still und friedvoll alles scheint. Binnen einer Woche könnte hier andere Lichter leuchten und die englische Küste weniger ruhig sein! Auch der Himmel dürfte nicht mehr ganz so friedvoll sein, sollte sich all das bewahrheiten, was der gute Zeppelin verspricht. Übrigens, wer ist das da?«

Nur in einem der Fenster hinter ihnen brannte Licht; eine Lampe stand auf dem Fensterbrett, und an einem Tisch daneben saß eine alte, liebenswert rotbackige Frau mit einer bäurischen Haube. Sie war über ihr Strickzeug gebeugt und hielt dann und wann inne, um eine große, schwarze Katze zu streicheln, die neben ihr auf einem Schemel hockte.

»Das ist Martha, meine einzig verbliebene Hausangestellte.«

Der Botschaftsrat kicherte.

Seine Abschiedsvorstellung

»Sie könnte fast die Britannia verkörpern«, sagte er, »mit ihrer völligen Selbstvergessenheit und ihrer Aura behaglicher Schläfrigkeit. Nun denn, *au revoir*, von Bork!« Mit einem letzten Wink seiner Hand sprang er in den Wagen, und kurz darauf schossen die beiden goldenen Lichtkegel der Scheinwerfer durch die Dunkelheit davon. Der Botschaftsrat ließ sich in die Polster seiner Luxuslimousine zurücksinken und hatte den Kopf so voll von der bevorstehenden europäischen Tragödie, dass er kaum bemerkte, wie sein Wagen beim Durchkurven der Dorfstraße fast einen kleinen Ford gerammt hätte, der ihnen entgegenkam.

Als der letzte Schimmer der Autolichter in der Ferne verblasst war, ging von Bork gemächlich zurück in sein Arbeitszimmer. Im Vorbeigehen sah er, dass seine alte Haushälterin ihre Lampe gelöscht und sich zur Ruhe begeben hatte. Es war eine neue Erfahrung für ihn, diese Stille und Dunkelheit in seinem weitläufigen Haus, denn die Mitglieder seiner Familie und Dienerschaft waren zahlreich gewesen. Es erleichterte ihn jedoch, daran zu denken, dass sie alle in Sicherheit waren und dass er, abgesehen von dieser alten Frau, die noch für die Küche geblieben war, das Haus komplett für sich allein hatte. Es gab in seinem Arbeitszimmer eine ganze Menge in Ordnung zu bringen, und so machte er sich daran, bis sein markantes, ebenmäßiges Gesicht von der Hitze des brennenden Papiers ganz gerötet war. Eine lederne Reisetasche stand neben seinem Tisch, in die er nun sehr sorgsam und systematisch den kostbaren Inhalt seines Safes zu packen begann. Er hatte allerdings kaum damit angefangen, da nahm sein feines Gehör das ferne Geräusch eines Wagens wahr. Sofort schrie er befriedigt auf, schnallte die Reisetasche zu, schloss den Safe, verriegelte ihn und eilte hinaus auf die Terrasse. Er kam gerade rechtzeitig, um die Lichter eines kleinen Wagens vor dem Tor zum Stillstand kommen zu sehen. Ein Insasse sprang heraus und hastete rasch auf ihn zu, während der Fahrer, ein kräftig gebauter, älterer Mann mit grauem Schnauzbart, es sich gemütlich machte wie jemand, der sich auf eine lange Nachtwache einrichtet.

»Und?«, rief von Bork eifrig, indem er seinem Besucher entgegenlief.

Als Antwort schwenkte der Mann triumphierend ein in Packpapier gewickeltes Päckchen über dem Kopf.

»Heute Abend können Sie mich umarmen, Mister«, schrie er. »Diesmal gibt's endlich die Butter aufs Brot.«

»Die Signale?«

»Wie's in meinem Telegramm steht. Die ganze Chose, Flaggenzeichen, Lichtsignale, Funkschlüssel – 'ne Kopie wohlgemerkt, kein Original. Das war zu gefährlich. Aber alles der echte Stoff, verlassen Sie sich drauf.« Er schlug dem Deutschen mit derart herber Vertraulichkeit auf die Schulter, dass dieser zusammenzuckte.

»Herein mit Ihnen«, sagte von Bork. »Ich bin ganz allein im Haus. Ich habe nur noch auf das hier gewartet. Natürlich ist eine Kopie besser als das Original. Würde ein Original fehlen, sie würden sofort alles ändern. Glauben Sie, die Kopie ist zuverlässig?«

Der Irisch-Amerikaner war ins Arbeitszimmer getreten und streckte nun seine langen Glieder aus dem Sessel. Er war ein großer, hagerer Mann um die sechzig, mit scharf geschnittenen Zügen und einem Ziegenbärtchen, das ihm eine gewisse Ähnlichkeit mit den Karikaturen von Uncle Sam verlieh. Eine halbgerauchte, aufgeweichte Zigarre hing in seinem Mundwinkel, und im Hinsetzen riss er ein Streichholz an und entzündete sie aufs Neue. »Steht wohl ein Umzug ins Haus?«, bemerkte er, wobei er sich umsah. »Sagen Sie, Mister«, fügte er hinzu, als sein Blick auf den Safe fiel, der vom Vorhang nicht mehr verdeckt wurde, »Sie wollen mir doch wohl nicht erzählen, dass Sie da drin Ihre Papiere aufbewahren?«

»Warum nicht?«

»Mann, in dem Scheunentor von Apparillo! Und die denken, Sie wär'n so 'ne Art Spion. Herrje, den knackt Ihnen ein Yankee-Gauner doch mit 'nem Büchsenöffner. Wenn ich gewusst hätte, dass irgendwelche Post von mir in so 'nem Ding rumliegt, wär ich ja 'n Trottel gewesen, Ihnen überhaupt zu schreiben.«

»Diesen Safe aufzubrechen würde jedem Gauner Kopfschmerzen machen«, erwiderte von Bork. »Kein Werkzeug schafft es durch dieses Metall.«

»Und das Schloss?«

»Ist ein doppeltes Kombinationsschloss. Wissen Sie, was das ist?«

»Keinen Schimmer«, sagte der Amerikaner.

»Nun, Sie brauchen sowohl ein Wort als auch eine Ziffernfolge, bevor Sie das Schloss öffnen können.« Er stand auf und deutete auf zwei drehbare Scheiben um das Schlüsselloch. »Die äußere ist für die Buchstaben, die innere für die Ziffern.«

»Schon gut, alles klar.«

»Das Ganze ist also nicht ganz so simpel, wie Sie dachten. Ich ließ es mir vor vier Jahren einbauen, und was glauben Sie, für welches Wort und welche Ziffern ich mich entschied?«

»Keine Ahnung.«

»Nun, das Wort war August und die Ziffern 1914, und da wären wir.«

Das Gesicht des Amerikaners verriet Erstaunen und Bewunderung.

»Hei, ganz schön clever! Sie haben's voll getroffen.«

»Ja, ein paar von uns konnten schon damals das Datum voraussehen. Jetzt ist es da, und morgen früh breche ich die Zelte ab.«

»Tja, ich schätze, Sie werden mich mitnehmen müssen. Ich hocke nicht mutterseelenallein in diesem gottverdammten Land. In 'ner Woche oder weniger, wie ich das sehe, steht John Bull auf den Hinterbeinen und schlägt ordentlich aus. Das seh ich mir lieber vom andern Ufer aus an.«

»Aber Sie sind amerikanischer Staatsbürger!«

»Ach, Jack James war auch amerikanischer Staatsbürger, und trotzdem sitzt er in Portland im Bau. Das zieht nicht bei 'nem englischen Bullen, wenn du ihm erzählst, dass du amerikanischer Staatsbürger bist. ›Hier gilt britisches Recht und Gesetz‹, sagt der dann. Übrigens, Mister, wo wir grad bei Jack James sind, mir scheint, Sie tun nicht gerade viel, um Ihre Leute zu decken.«

»Was soll das heißen?«, fragte von Bork scharf.

»Na ja, Sie sind ihr Arbeitgeber, oder? Sie sollten sich drum kümmern, dass die nicht auf die Nase fallen. Aber die fallen auf die Nase, und wann haben Sie denen je wieder aufgeholfen? Bei James –«

»Es war James' eigene Schuld. Das wissen Sie doch selbst. Er war zu eigensinnig für den Job.«

»James war ein Hohlkopf – geschenkt. Dann gab's da noch Hollis.«

»Der Mann war verrückt.«

»Na ja, gegen Ende war er 'n bisschen wirr im Hirn. Klar, dass einer undicht wird, wenn er von früh bis spät 'ne Rolle spielen muss und hundert Typen nur darauf warten, ihn bei den Bullen anzuschwärzen. Aber jetzt auch noch Steiner ...«

Von Bork schrak heftig zusammen, sein rotes Gesicht wurde einen Hauch blasser.

»Was ist mit Steiner?«

»Na, sie haben ihn drangekriegt, das ist alles. Gestern Nacht krempeln sie ihm den Laden um, und nu hockt er mit seinen Papieren in Portsmouth im Knast. Sie machen sich dünne, und der arme Teufel muss alles ausbaden und hat noch Glück, wenn er mit dem Leben davonkommt. Ebendrum will ich auch übers Wasser, genauso schnell wie Sie.«

Von Bork war ein kräftiger, selbstbeherrschter Mann, doch es war leicht zu sehen, dass die Nachricht ihn erschüttert hatte.

»Wie sind die bloß auf Steiner gekommen?«, murmelte er. »Das ist der heftigste Schlag bisher.«

»Tja, fast wär's für Sie noch heftiger geworden, ich glaube nämlich, die sind auch dicht an mir dran.«

»Das ist nicht Ihr Ernst!«

»Aber sicher. Die haben meine Hauswirtin unten in Fratton ausgequetscht, und als ich das hörte, dachte ich, es wird Zeit zu verduften. Aber, Mister, was ich gern wüsste, ist, wieso die Bullen das alles wissen? Steiner ist der Fünfte, der Ihnen verschüttging, seit ich bei Ihnen angeheuert hab, und ich weiß auch schon, wie der Sechste heißt, wenn ich mich nicht vom Acker mache. Wie erklären Sie sich das, und schämen Sie sich nicht, Ihre Männer so in den Bau wandern zu sehen?«

Von Bork lief puterrot an.

»Wie können Sie es wagen, so mit mir zu sprechen!«

»Wenn ich nichts wagen würde, Mister, würde ich nicht für Sie arbeiten. Aber ich sag's Ihnen ehrlich, was mir durch den Kopf geht. Ich hab gehört, mit euch deutschen Politikern steht's so, dass ihr nicht traurig drum seid, wenn ein Agent nach getaner Arbeit weggesperrt wird.«

Von Bork sprang auf.

»Sie wagen es anzudeuten, ich hätte meine eigenen Agenten verraten!«

»Das nu nicht grade, Mister, aber irgendwo gibt's 'nen Spitzel oder 'nen Quertreiber, und es ist Ihr Bier rauszufinden, wo. Ich jedenfalls lass es nicht mehr drauf ankommen. Für mich geht's ab ins kleine Holland, je eher, desto besser.«

Von Bork hatte seinen Ärger bezwungen.

»Wir sind zu lange Verbündete, um jetzt in der Stunde des Sieges zu streiten«, sagte er. »Sie haben prächtige Arbeit geleistet und viel riskiert, und ich werde das nicht vergessen. Gehen Sie unbedingt nach Holland, und in Rotterdam können Sie ein Schiff nach New York nehmen. Keine andere Linie wird in einer Woche noch sicher sein. Ich nehme das Buch da und packe es zu den anderen.«

Der Amerikaner hielt das kleine Paket in der Hand, machte jedoch keine Anstalten, es herzugeben.

»Wie steht's mit den Penunsen?«, fragte er.

»Den was?«

»Der Kohle. Dem Honorar. Den 500 Pfund. Der Kanonier wurde zum Schluss verdammt ungemütlich, und ich musste ihn mit hundert Extra-Talern schmieren, sonst wär's Essig gewesen für Sie und mich. ›Nix zu machen‹, sagt er, und das meinte er auch so, aber der letzte Hunderter hat's gebracht. Von vorn bis hinten hat die Sache mich zweihundert Pfund gekostet, da werd ich's doch wohl nicht rausrücken, ohne meine Moppen zu kriegen.«

Von Bork lächelte mit einiger Bitterkeit. »Sie scheinen keine allzu hohe Meinung von meinem Ehrgefühl zu haben«, sagte er, »da Sie das Geld wollen, bevor Sie das Buch herausgeben.«

»Tja, Mister, Geschäft ist nun mal Geschäft.«

»In Ordnung. Wie Sie wollen.« Er setzte sich an den Tisch, bekritzelte einen Scheck und riss ihn aus dem Heft, unterließ es dann aber, ihn seinem Kompagnon auszuhändigen. »Da es nun schon so steht zwischen uns, Mr Altamont«, sagte er, »eigentlich sehe ich nicht ein, weshalb ich Ihnen auch nur einen Deut mehr vertrauen sollte als Sie mir. Sie verstehen?«, fügte er hinzu und schaute den Amerikaner über die Schulter hinweg an. »Hier auf dem Tisch liegt der Scheck. Ich fordere das Recht, dieses Paket zu prüfen, bevor Sie das Geld nehmen.«

Der Amerikaner reichte ihm wortlos das Paket. Von Bork wickelte die Schnur ab und entfernte zwei Lagen Papier. Dann saß er da und betrachtete einen Moment lang entgeistert das kleine blaue Buch, das vor ihm lag. Auf dem Umschlag stand in goldenen Lettern *Praktisches Handbuch der Bienenzucht*. Nur für einen Augenblick starrte der Meisterspion auf diesen seltsam belanglosen Titel. Im nächsten packte ihn jemand mit eisernem Griff beim Nacken und drückte ihm einen chloroformgetränkten Schwamm auf sein verzerrtes Gesicht.

»Noch ein Glas, Watson!«, sagte Mr Sherlock Holmes und streckte ihm die Flasche Tokaier Imperial entgegen.

Der stämmige Fahrer hatte sich an den Tisch gesetzt und schob sein Glas fast schon begierig nach vorn.

»Ein guter Wein, Holmes.«

»Ein ausgezeichneter Wein, Watson. Unser Freund auf dem Sofa dort hat mir versichert, dass er aus Franz Josephs Privatkeller auf Schloss Schönbrunn kommt. Dürfte ich Sie bemühen, das

Fenster zu öffnen, die Chloroformdämpfe sind dem Geschmackssinn nicht sonderlich zuträglich.«

Holmes stand vor dem halbgeöffneten Safe und nahm ein Dossier nach dem anderen heraus, prüfte es kurz und verstaute es dann fein säuberlich in von Borks Reisetasche. Der Deutsche lag schnarchend auf dem Sofa, mit einem Riemen um die Oberarme und einem weiteren um die Beine.

»Wir brauchen uns nicht zu hetzen, Watson. Kein Mensch wird uns stören. Wären Sie so gut, auf die Klingel zu drücken? Im Haus ist niemand außer der alten Martha, die ihre Rolle bravourös gespielt hat. Ich verschaffte ihr den Posten hier, als ich mich der Sache annahm. Ah, Martha, es freut Sie sicher zu hören, dass alles im Lot ist.«

Die liebenswerte alte Lady stand nun in der Türöffnung. Sie knickste lächelnd vor Mr Holmes, linste aber ein wenig besorgt zu der Gestalt auf dem Sofa hinüber.

»Alles in Ordnung, Martha. Er hat nicht einen Kratzer abbekommen.«

»Da bin ich froh, Mr Holmes. Für einen wie ihn ist er als Herr recht gutherzig gewesen. Gestern wollte er, dass ich mit seiner Frau nach Deutschland gehe, aber das hätte wohl kaum zu Ihren Plänen gepasst, nicht wahr, Sir?«

»Allerdings nicht, Martha. Solange Sie hier waren, hatte ich keine Sorge. Wir warteten heute Abend einige Zeit auf Ihr Signal.«

»Das lag am Botschaftsrat, Sir.«

»Ich weiß. Sein Wagen kam unserem entgegen.«

»Ich dachte schon, er bleibt ewig. Mir war klar, das passt nicht zu Ihren Plänen, Sir, sollten Sie ihn hier treffen.«

»Nein, in der Tat. Nun, es bedeutete nur, dass wir gut eine halbe Stunde warten mussten, bis ich Ihre Lampe ausgehen sah und wusste, die Luft ist rein. Sie können mir morgen in London berichten, Martha, im Claridge's Hotel.«

»Sehr wohl, Sir.«

»Ich nehme an, bei Ihnen ist alles zur Abfahrt bereit.«

»Ja, Sir. Er hat heute sieben Briefe aufgegeben. Ich habe die Adressen, wie üblich.«

»Sehr gut, Martha. Ich werde sie mir morgen ansehen. Gute Nacht. Diese Papiere«, fuhr er fort, als die alte Lady gegangen war, »sind nicht von großem Belang, denn natürlich haben die Informationen, die sie enthalten, die deutsche Regierung längst erreicht. Das hier sind die Originale, die außer Landes zu schaffen zu unsicher war.«

»Dann sind sie also wertlos.«

»So weit würde ich nicht gehen, Watson. Zumindest können unsere Leute daran ablesen, was die Deutschen wissen und was nicht. Ich darf verraten, dass ein Gutteil dieser Papiere durch mich hierherkam, und ich muss wohl nicht hinzufügen, dass der Inhalt alles andere als vertrauenswürdig ist. Es würde mir meinen Lebensabend versüßen zu sehen, wie ein deutscher Kreuzer nach den von mir gelieferten Minenkarten durch den Solent navigiert. Aber Sie, Watson«, er unterbrach seine Arbeit und fasste den alten Freund bei den Schultern, »Sie habe ich mir ja noch kaum bei Licht besehen. Wie ist es Ihnen ergangen? Sie scheinen mir derselbe muntere Knabe zu sein wie damals.«

»Ich fühle mich zwanzig Jahre jünger, Holmes. Ich war selten so glücklich, wie als ich Ihr Telegramm erhielt mit der Bitte, Sie in Harwich mit dem Wagen abzuholen. Aber Sie, Holmes – Sie haben sich kaum verändert ... mal abgesehen von diesem scheußlichen Ziegenbärtchen.«

»Dies sind die Opfer, die man dem Vaterland bringt, Watson«, sagte Holmes und zog an dem spärlichen Büschel. »Morgen ist das nichts weiter als eine böse Erinnerung. Ein Haarschnitt und ein paar weitere unbedeutende Veränderungen, und ich erscheine morgen im Claridge's wieder ganz so, wie ich war, bevor mir diese Amerikaner-Nummer – Verzeihung, Watson, der Born meines Englisch scheint bleibend verdorben –, bevor mir diese Rolle als Amerikaner angetragen wurde.«

»Aber Sie hatten sich zur Ruhe gesetzt, Holmes. Wir hörten, dass Sie inmitten Ihrer Bienen und Bücher das Leben eines

Einsiedlers führen, auf einer kleinen Farm in den South Downs.«

»Sehr richtig, Watson. Hier liegt die Frucht meiner Mußestunden, das *opus magnum* meiner späten Jahre!« Er nahm den Band vom Tisch und las den vollständigen Titel vor: *Praktisches Handbuch der Bienenzucht, nebst einigen Betrachtungen zur Segregation der Königin.* »Ich allein tat es. Sie sehen die Frucht gedankenerfüllter Nächte und mühevoller Tage, in denen ich die kleinen Arbeitstrupps beobachtet habe wie einst die Verbrecherwelt Londons.«

»Und wie sind Sie selbst wieder zur Arbeit gekommen?«

»Ha, darüber habe ich mich auch oft gewundert. Dem Außenminister allein hätte ich widerstehen können, doch als auch noch der Premier sich unter mein kärgliches Dach bemühte ...! Tatsache ist, Watson, der Gentleman da auf dem Sofa war ein bisschen zu gut für unsere Leute. Er war eine Klasse für sich. Die Dinge liefen schief, und niemand verstand so recht, warum sie schiefliefen. Einige Agenten wurden verdächtigt, manche sogar geschnappt, doch es gab Hinweise auf eine mächtige und gut getarnte lenkende Kraft. Sie zu entlarven war absolut notwendig. Ich wurde stark unter Druck gesetzt, mich der Sache anzunehmen. Das Ganze hat mich zwei Jahre gekostet, Watson, die allerdings nicht ohne Reiz waren. Wenn ich Ihnen erzähle, dass ich meine Pilgerfahrt in Chicago begann, in einen irischen Geheimbund in Buffalo aufstieg, der Polizei in Skibbereen gehörigen Ärger machte und so schließlich einem der von Bork unterstellten Agenten ins Auge stach, der mich als brauchbaren Mann empfahl, werden Sie begreifen, dass die Sache recht kompliziert war. Von da an ehrte von Bork mich mit seinem Vertrauen, was jedoch nichts daran änderte, dass die meisten seiner Pläne um Haaresbreite scheiterten und fünf seiner besten Agenten ins Gefängnis wanderten. Ich hatte sie im Auge, Watson, und ich pflückte sie, als sie reif waren. Nun, Sir, ich hoffe, Sie fühlen sich nicht allzu schlecht!«

Die letzte Bemerkung war an von Bork gerichtet, der nach einigem Keuchen und Blinzeln still dagelegen und sich Holmes'

Bericht angehört hatte. Jetzt brach er in einen wilden Sturzbach deutscher Schmähungen aus, das Gesicht vor Zorn krampfhaft verzerrt. Holmes nahm die flüchtige Prüfung der Dokumente wieder auf, während sein Gefangener Flüche und Verwünschungen ausstieß.

»Das Deutsche hat zwar keinen Klang, ist aber die ausdrucksvollste aller Sprachen«, bemerkte er, als von Bork vor lauter Erschöpfung verstummt war. »Hoppla, sieh an!«, fügte er hinzu, während er die Ecke einer Pauskopie musterte, bevor er sie in der Tasche verstaute. »Das dürfte einen weiteren Vogel in den Käfig bringen. Ich hatte keine Ahnung, dass der Zahlmeister ein solcher Halunke ist, obwohl ich ihn schon länger im Auge hatte. Mr von Bork, Sie haben eine Menge zu erklären.«

Der Gefangene hatte sich mit einiger Mühe auf dem Sofa aufgesetzt und stierte mit einer seltsamen Mischung aus Verblüffung und Hass auf den Mann, der ihn geschnappt hatte.

»Das zahle ich Ihnen heim, Altamont«, sagte er und sprach dabei langsam und mit Bedacht. »Selbst wenn es mein ganzes Leben dauert, das zahle ich Ihnen heim!«

»Die süße alte Leier«, versetzte Holmes. »Wie oft habe ich ihr schon gelauscht. Sie war ein Lieblingslied des früh verstorbenen Professors Moriarty. Auch Colonel Sebastian Moran war bekannt dafür, sie zu trällern. Und trotzdem lebe ich noch und züchte Bienen in den South Downs.«

»Zum Teufel mit Ihnen, Sie Doppelverräter!«, schrie der Deutsche, sträubte sich gegen seine Fesseln und sprühte Mordlust aus seinen zornfunkelnden Augen.

»Nein, nein, ganz so schlimm ist es nicht«, sagte Holmes lächelnd. »Wie Ihnen meine Sprechweise sicher verrät, hat ein Mr Altamont aus Chicago nie existiert. Ich habe mich seiner bedient, und jetzt ist er fort.«

»Wer sind Sie dann?«

»Es ist eigentlich unwichtig, wer ich bin, aber da es Sie zu interessieren scheint, Mr von Bork, darf ich sagen, dass dies nicht meine erste Bekanntschaft mit Mitgliedern Ihrer Familie ist. Ich hatte früher häufig geschäftlich in Deutschland zu tun, und mein Name ist Ihnen vermutlich bekannt.«

»Ich würde ihn gern kennen«, sagte der Preuße grimmig.

»Ich war es, der die Trennung zwischen Irene Adler und dem verstorbenen König von Böhmen ins Werk setzte, damals, als Ihr Cousin Heinrich Gesandter des Kaisers war. Ich war es auch, der den Grafen von und zu Grafenstein, den älteren Bruder Ihrer Mutter, vor der Ermordung durch den Nihilisten Klopman rettete. Ich war es —«

Von Bork setzte sich fassungslos auf.

»Da gibt es nur einen!«, schrie er.

»So ist es«, sagte Holmes.

Von Bork ächzte und sank zurück auf das Sofa. »Und die meisten dieser Informationen stammen von Ihnen!«, rief er. »Was sind die wert? Was habe ich getan? Ich bin für alle Zeiten ruiniert!«

»Zweifellos sind sie ein wenig unzuverlässig«, sagte Holmes. »Man müsste sie prüfen, und dafür fehlt Ihnen die Zeit. Ihr Admiral dürfte etwas größere neue Geschütze vorfinden, als er erwartet, und die Kreuzer sind vielleicht eine Winzigkeit flotter.«

Von Bork griff sich vor Verzweiflung an die Kehle.

»Es gibt noch eine Menge anderer Details, die sicher zur rechten Zeit ans Licht kommen werden. Aber Sie besitzen ja eine bei einem Deutschen ziemlich seltene Eigenschaft, Mr von Bork: Sie sind ein Sportsmann, und Sie werden es mir nicht nachtragen, wenn Sie feststellen, dass Sie, der Sie so viele Leute überlistet haben, schließlich selbst überlistet worden sind. Alles in allem haben Sie für Ihr Land Ihr Bestes gegeben, wie ich mein Bestes für das meinige, und wie sollte es auch anders sein? Außerdem«, fügte er nicht unfreundlich hinzu, indem er dem darniederliegenden Mann die Hand auf die Schulter legte, »ist das hier besser, als von einem weniger würdigen Gegner zu Fall gebracht zu werden. Die Papiere sind jetzt bereit, Watson. Wenn Sie mir mit unserem Gefangenen helfen, könnten wir uns, denke ich, unverzüglich nach London aufmachen.«

Es war nicht leicht, von Bork fortzubringen, denn er war kräftig und verzweifelt. Schließlich, jeder hatte sich einen Arm gegriffen, führten die beiden Freunde ihn sehr langsam die Gartenpromenade hinunter, die er nur wenige Stunden zuvor mit solcher Zuversicht entlangstolziert war, als der berühmte Diplomat ihn beglückwünscht hatte. Nach einem kurzen letzten Gerangel wurde er, an Händen und Füßen noch immer gefesselt, auf den Rücksitz des kleinen Wagens verfrachtet. Seine kostbare Reisetasche zwängte man neben ihn hinein.

»Ich hoffe sehr, Sie sitzen so bequem, wie die Verhältnisse es gestatten«, sagte Holmes, als die letzten Vorbereitungen getroffen waren. »Wäre es meinerseits eine allzu plumpe Vertraulichkeit, wenn ich eine Zigarre anzündete und sie Ihnen zwischen die Lippen steckte?«

Doch der wütende Deutsche war nicht empfänglich für derlei Nettigkeiten.

»Sie wissen vermutlich, Mr Sherlock Holmes«, sagte er, »dass, sollten Sie in dieser Sache von Ihrer Regierung unterstützt werden, dies als ein kriegerischer Akt gewertet wird.«

»Und was ist mit Ihrer Regierung und diesen Sachen hier?«, erwiderte Holmes und klopfte dabei auf die Reisetasche.

»Sie sind eine Privatperson. Sie haben keine Befugnis, mich zu verhaften. Ihr ganzes Vorgehen ist absolut gesetzeswidrig und empörend.«

»Absolut«, sagte Holmes.

»Entführung eines deutschen Staatsbürgers.«

»Und Diebstahl seiner privaten Papiere.«

»Tja, Sie wissen wohl um Ihre Lage, Sie und Ihr Komplize da. Sollte ich nun um Hilfe schreien, wenn wir das Dorf passieren ...«

»Verehrtester, sollten Sie etwas derartig Törichtes tun, würden Sie vermutlich den beiden klassischen Namen unserer Dorfgasthöfe einen dritten hinzufügen, nämlich das Schild ›Zum baumelnden Preußen‹. Der Engländer ist zwar ein geduldiges Wesen, doch im Augenblick etwas heißblütig, und es wäre besser, ihn nicht zu sehr herauszufordern. Nein, Mr von Bork, Sie kommen ruhig und vernünftig mit uns zu Scotland Yard, von wo aus Sie Ihren Freund, Baron von Herling, benachrichtigen können, um zu klären, ob Sie jetzt immer noch jenen Platz im Botschaftsgefolge einnehmen dürfen, den er für Sie reserviert hat. Was Sie betrifft, Watson, begleiten Sie uns, wenn ich recht verstehe, zu Ihrer alten Truppe, sodass London auf Ihrem Weg liegen dürfte. Gesellen Sie sich doch zu mir auf die Terrasse, denn dies könnte das letzte ruhige Gespräch sein, das wir je miteinander führen.«

Die beiden Freunde plauderten ein paar Minuten lang in inniger Vertrautheit und beschworen aufs Neue die alten Zeiten herauf, während ihr Gefangener sich vergeblich wand, um die Riemen zu lösen, die ihn fesselten. Als sie zum Wagen gingen, deutete Holmes auf das mondbeschienene Meer und schüttelte nachdenklich den Kopf.

»Es ist ein Ostwind im Anzug, Watson.«

»Ich glaube nicht, Holmes. Es ist sehr warm.«

»Guter alter Watson! Sie sind der einzige Fixpunkt in einer sich wandelnden Zeit. Dennoch, es ist ein Ostwind im Anzug, ein Wind, wie noch keiner über England hinweggefegt ist. Er wird bitterkalt sein, Watson, und so mancher von uns wird in seinem Ansturm verdorren. Trotzdem, es ist Gottes eigener Wind, und die Sonne wird ein reineres, besseres, stärkeres Land bescheinen, wenn der Sturm sich gelegt hat. Starten Sie, Watson, es ist Zeit, dass wir uns auf den Weg machen. Ich habe hier einen Scheck über fünfhundert Pfund, den man zügig einlösen sollte, denn der Unterzeichner ist durchaus imstande, ihn sperren zu lassen, falls er kann.«

GLOSSAR

Ein Skandal in Böhmen

Brougham – vierrädrige, geschlossene Kutsche für zwei Passagiere, im 19. Jh. gebaut und benannt nach dem britischen Politiker Henry Peter Brougham (1778–1868).

Boswell – James Boswell (1740–1795), Freund, Reisebegleiter und Biograf des großen englischen Gelehrten und Schriftstellers Samuel Johnson (1709–1784).

Chubb-Schloss – nach seinem Erfinder Charles Chubb benanntes Schloss, das vom Hersteller als besonders einbruchsicher beworben wurde.

Inner Temple – eine der vier englischen Anwaltskammern (Inns of Court) für Barrister; zugleich allgemeine Bezeichnung für das Viertel, in dem sich die Gebäude der Kammer befinden.

Hansom – zweirädrige, nach vorn offene Kutsche für zwei Passagiere mit erhöht hinter dem Verdeck befindlichem Kutschbock, benannt nach ihrem Erfinder Joseph A. Hansom (1802–1882).

John Hare – Sir John Hare (1844–1921), berühmter Londoner Schauspieler und hochgeehrter Theaterdirektor.

Das gesprenkelte Band

Dogcart – schlichter zweirädriger, offener Pferdewagen.

Regency – die Jahre 1811 bis 1820, in denen der Prince of Wales (später George IV.) die Regentschaftsgeschäfte seines Vaters, George III., weiterführte, da dieser regierungsunfähig geworden war.

Palmer und Pritchard – William Palmer (1824–1856) und Edward W. Pritchard (1825–1865), beide mehrfache Giftmörder mit medizinischer Ausbildung, beide für ihre Taten hingerichtet.

Der griechische Dolmetscher

Vernet – vermutlich ist hier Horace Vernet (1789–1863) gemeint, doch auch dessen Vater Carle (1758–1836) und Großvater Claude Joseph (1714–1789) waren berühmte französische Maler.

Das letzte Problem

coup de maître – Meisterleistung, Glanzstück.

salle à manger – Esszimmer bzw. Speisesaal oder -raum.

Das leere Haus

Rubber – eine Doppelpartie beim Bridge- oder Whistspiel.

Bartitsu – Art der Selbstverteidigung, vom japanischen Jiu-Jitsu inspiriert, erfunden und nach England gebracht von dem weltläufigen Briten E. W. Barton-Wright (1860–1951), der dazu seinen Namen Barton mit der Bezeichnung Jiu-Jitsu kombinierte.

nicht welkt das Alter noch stumpft die Gewohnheit meine grenzenlose Vielseitigkeit – Paraphrase eines Zitats aus Shakespeares *Antonius und Kleopatra* (II, 2), im Original: »Age cannot wither her, nor custom stale / Her infinite variety […]«.

Garrotteur – Straßenräuber, der sein Opfer bewusstlos macht, indem er es mit einer um den Hals gelegten Schlinge würgt.

So find't am End sich Herz zum Herzen – Paraphrase eines Zitats aus Shakespeares *Was ihr wollt* (II, 3), im Original: »Journeys end in lovers meeting«; hier für die Übersetzung mit einer Anleihe am Untertitel von Theodor Fontanes *Frau Jenny Treibel*.

shikari – anglo-indische Bezeichnung für einen Jäger.

SEINE ABSCHIEDSVORSTELLUNG

Olympia – weitläufige Veranstaltungs- und Ausstellungshalle im westlichen Londoner Stadtteil Kensington.

John Bull – spöttischer Spitzname für England bzw. die Engländer.

Ich allein tat es – wörtliches Zitat aus Shakespeares *Coriolanus* (V, 6).